De mil amores

RAÚL
BRASCA
Selección y prólogo

De mil amores

De mil amores

Selección y prólogo de
RAÚL BRASCA

Diseño de cubierta: Tamara Peña
Maquetación: José Miguel Rodrigo
Corrección: Mar Navarro

ISBN: 84-96473-00-7
Depósito legal: B-2810-2005

Impreso por Press Line S.L.,
Sant Adrià de Besòs, España

www.thuleediciones.com

Prólogo

Quizá el amor, como el humor, convenga a la microficción, un género propicio al brillo de la ironía y del ingenio, a las magias verbales, a las sutilezas de la inteligencia y, sobre todo, a los deslumbramientos de la paradoja y la ambigüedad. La mejor microficción es un relámpago en la noche, una luz repentina que muestra la fantasmagoría del paisaje sin que alcance a revelar del todo el misterio de lo oculto. ¿Y qué cosa hay tan ambigua y paradójica como ese «hielo abrasador» que, al decir de Quevedo, «en todo es contrario de sí mismo»?

Los alquimistas y los poetas encontraron principios machos y principios hembras en todas las cosas: un amor cósmico que sostiene el universo y que involucra al amor humano. Lo cierto es que nada hay en el mundo que convoque un interés mayor y más extendido, ni que haya suscitado más comentarios a lo largo de la historia, que el amor. Nada ha sido puesto tantas veces del derecho y del revés. Ni ha provocado tantas heroicidades y traiciones, tan altas cumbres de placer y simas de desdicha, tantos sentimientos delicados y violentos. El amor ejerce desde siempre su dulce tiranía sin dispensas, todos somos «La secta del Fénix». Por eso, este libro tiene la vocación de universalidad de los adeptos.

Desde el abrazo primigenio y el deseo incontrastable e ignorado de la infancia hasta los amores quiméricos de la vejez, las breves piezas aquí reunidas recorren un amplio repertorio de encuentros y desencuentros, de uniones legales y clandestinas, penetran el secreto de los abrazos y rebuscan en los pormenores del placer sin privarse de exotismos y exploraciones por los caminos menos

7

transitados. Están los puntos de vista de ellos sobre ellas, de ellas sobre ellos, y de ambos sobre el amor y el matrimonio. El humor sobrevuela los textos, el romanticismo se defiende y resiste la ironía. Los autores provienen de culturas muy diversas y, junto a microficciones de escritores consagrados, aparecen otras tomadas de los certámenes de las famosas revistas *El cuento,* de México, y *Puro cuento*, de Argentina, en las que los concursantes lograron dar forma a sus fantasías eróticas con resultados muchas veces sobresalientes. No falta tampoco el aporte de las dos mayores cofradías virtuales de la microficción, el *Círculo cultural Faroni* (España, www.literaturas.com) y *Ficticia* (México, www.ficticia.com) que llevan años de constante y exitosa labor como difusores del género.

En suma, *De mil amores* ha sido pensada para albergar a todos. Pero como no se puede agotar lo que permanentemente se crea y se recrea, se abren, entre un texto y otro, en los intersticios entre erotismos próximos o distantes, espacios imaginarios que el lector llenará con las fantasías más íntimas de sus horas de insomnio. Se incorporará así a este libro creciente: al inagotable compendio del amor humano.

RAÚL BRASCA

PRIMERAS ARMAS

El amor

En la selva amazónica, la primera mujer y el primer hombre se miraron con curiosidad. Era raro lo que tenían entre las piernas.

—¿Te han cortado? —preguntó el hombre.

—No —dijo ella—. Siempre he sido así.

Él la examinó de cerca. Se rascó la cabeza. Allí había una llaga abierta. Dijo:

—No comas yuca, ni plátanos, ni ninguna fruta que se raje al madurar. Yo te curaré. Échate en la hamaca y descansa.

Ella obedeció. Con paciencia tragó los menjunjes de hierbas y se dejó aplicar las pomadas y los ungüentos. Tenía que apretar los dientes para no reírse, cuando él le decía:

—No te preocupes.

El juego le gustaba, aunque ya empezaba a cansarse de vivir en ayunas y tendida en una hamaca. La memoria de las frutas le hacía agua la boca.

Una tarde, el hombre llegó corriendo a través de la floresta. Daba saltos de euforia y gritaba:

—¡Lo encontré! ¡Lo encontré!

Acababa de ver al mono curando a la mona en la copa de un árbol.

—Es así —dijo el hombre, aproximándose a la mujer.

Cuando terminó el largo abrazo, un aroma espeso, de flores y frutas, invadió el aire. De los cuerpos, que yacían juntos, se desprendían vapores y fulgores jamás vistos, y era tanta su hermosura que se morían de vergüenza los soles y los dioses.

EDUARDO GALEANO

11

El balón

Un alto muro separaba el patio de recreo de los chicos del patio de recreo de las chicas. Para esas criaturas que estaban entre los trece y los dieciséis años ¿qué mejor recreo que dejarlos estar juntos? Los maestros pensaban distinto. Y el muro, exasperando las diferencias de sexo, sugería uniones secretas.

Inútil pensar siquiera en escalar el muro. Por lo contrario, el balón desafiaba el obstáculo; viajaba maravillosamente de un patio a otro.

¡Oh juegos! ¡Minutos púberes! ¡Oh las redondeces latentes! ¡Las mudas de ropa!

Aquel balón parecía un balón honrado. De hecho, lo era. En cada despegue, cargado de sexualidad, ronroneaba. Principios machos y principios hembras se concentraban en su corazón. Finalmente iba tomando un aspecto singular... A veces volvía con barba, o dolores de barriga, ronchas, espinillas...

Por turnos, manifestaba rudezas ferruginosas, dulzuras lácteas, saltos de temperatura... El chico o la chica que lo lanzaba se estremecía de pies a cabeza.

—¡Confisco ese balón! —dijo un día la institutriz.

¡Oh suplicios aéreos! ¡Pasiones de cristal! ¡Transparencias! ¡Oh la primera sangre cuya mancha cubre el universo! ¡Oh!

Pocos meses después, los alumnos notaron que la malvada maestra había ocultado el balón en su vientre.

Pero nadie se atrevía a reclamarlo.

RENÉ DE OBALDÍA

ENCUENTROS

Estación fatal

De viaje en el metro, un vagón no tan lleno, voy sentado, vestido de estricto traje gris, leo un libro de ensayos y a momentos miro hacia algún andén al que arribamos para saber la estación de turno; aprovecho entonces para echar una ojeada a la gente que me circunda y, en una de ésas, entre otras piernas, descubro unas de mujer bien formadas pero nada peculiares. Sin embargo, por decirlo así, organizadas de tal manera especialmente que me alejan de la lectura; sucede que la más próxima a mí va flexionada y la otra vertical y firme. Piernas blancas que sobresalen o sobrebajan del borde del vestido negro, calzan zapatos grises de tacón que emplean correa para sujetarse por atrás. En el caso del primer pie, da vuelta completa, dejando al descubierto el talón sonrojado, mientras que en el trasero la correa se ha caído de tal forma que el talón se queda completamente desnudo. Cuando tuve este pensamiento, me fui desnudando por dentro hasta sentir una grata sensualidad que nacía en mi estómago y bajaba hacia mis genitales. Supe también en ese instante que me encontraba ante un hecho fundamental para mi fetichismo y entendí que un talón sin correa es un breve seno sin pezón, que se nos ofrece en el ambiente de complicidad del hecho social sobrentendido; es una cálida nalguita que asoma, inocente y erótica, por la parte de atrás de un zapato de tacón para una mujer linda; es la mesurada invitación pública a desordenar nuestro espíritu sin que nadie se dé cuenta, ni la mujer misma, de la cual no conocemos el rostro. Se llega a la estación fatal, se desacomoda la geometría humana y lamento disponerme a asistir a una reunión literaria.

Guillermo Samperio

Carrusel aéreo

¿De modo que también han retrasado su vuelo? Pues entonces tenemos tiempo de sobra. Ya le dije que yo he sufrido muchas de estas huelgas. Había pasado varias cuando en una de ellas, esperando la oportunidad de la salida en el aeropuerto de Pamplona, conocí a Judith, una barcelonesa que trabaja en asuntos parecidos a los míos. Nos caímos bien y fuimos intimando, nos hicimos lo que se pudiera llamar novios, y el puente aéreo nos unía los fines de semana. Después de un tiempo, cuando parecía claro que estábamos hechos el uno para el otro, una de estas huelgas retrasó nuestra cita durante más de un día. Tuve que pasar demasiadas horas solo en el aeropuerto, pero allí estaba Milagros, una malagueña profesora de francés. Simpatizamos, y conocerla me hizo reflexionar sobre mi proyectado matrimonio con Judith. Después del verano, ya salía con Milagros. También nos veíamos sólo de vez en cuando, pero esos amores tienen siempre mucho incentivo para vivirlos. La cosa había cuajado entre nosotros, y yo preparaba mi viaje para conocer a su familia, cuando otra huelga me retuvo en Barajas. Entonces conocí a Alma, una jovencísima bióloga sueca. ¿Usted ha oído hablar del flechazo? Fue eso, exactamente. Me encontraba con Alma mucho menos de lo que lo había hecho con las otras, pero lo nuestro sí que era pasión, sobre todo en vacaciones. Precisamente unas vacaciones interrumpió mi encuentro con Alma una de estas dichosas huelgas, y ella debió de conocer a alguien más interesante que yo mientras esperaba, el caso es que cuando nos vimos me dijo que lo nuestro quedaba cancelado. Estuve sin novia una temporada, pero otra huelga me hizo pasar unas cuantas horas en el bar con una gallega de nombre Margariña. Mi corazón se enamoró otra vez, qué quiere que le diga, y mi viaje de hoy es para buscar piso, porque estoy pensando trasladarme a Pontevedra y casarme con ella. Antes eran los dioses, hoy son esos pilotos. Cambia la cara, pero siguen siendo las manos del destino. Menos mal que la espera se hace muy agradable, y hasta se agradece, cuando uno tiene la suerte de conocer a una mujer tan guapa y tan simpática como usted.

JOSÉ MARÍA MERINO

El beso

El beso fue mortal, nunca existió un amor tan apasionado. Se conocieron y se desearon. Se tuvieron. Se extraviaban en sus cuerpos para encontrarse en las cartas que se escribían cuando el ritmo del mundo los separaba. Vivieron juntos cuatro años, los separó una tonta discusión. Siguieron meses de lágrimas y desvelos y soledades. El mundo los unió otra vez en una fiesta, mundo caprichoso que juega con la gente y sus debilidades. Sabían que se encontrarían. Al principio fingieron indeferencia, pero la unión estaba hecha y cuando las guerras acontecen es imposible ignorar al enemigo. Se miraron, se acercaron, se olieron, salieron al jardín, hablaron. Cerca de la medianoche se acariciaron. Antes de entrar de nuevo al salón se separaron, ella retocó sus labios, él untó la crema en los suyos. En la puerta se abrazaron, juntaron sus bocas... y cayeron rodando la escalera, sin dolor, sin agonía, sin vida. Terminó la batalla sin sangre derramada, sin prisioneros, sin ciudades destruidas, sin víctimas inocentes. Los enterraron juntos.

El domingo vestiré de negro, llevaré flores a sus tumbas y separaré la botella para conservar las gotas que no se fueron impregnadas en sus labios. Es doloroso vender veneno, pero alguien tiene que hacerlo.

ARMANDO PÁEZ

Juegos de seducción

Daniel es considerado por sus amigos un experto en materia de seducción y suele jactarse de ello (según sus propias palabras, el secreto mayor de su método, su último recurso, consiste en ignorar de plano a su «víctima», y afirma que esta conducta resulta irresistible para las mujeres hermosas que, como tales, son muy vanidosas). El sábado, como es costumbre, sus amigos lo pondrán a prueba.

Lo invitan a una reunión a la que asistirá cierta dama que no conoce. Dan por sentado que Daniel intentará seducirla recurriendo a su más preciada táctica. Esperan que esta vez fracase.

La dama, advertida, anticipa la jugada. Tras la presentación, lo ignora rotundamente. Para asombro de sus amigos, Daniel, en cambio, la trata con cortesía.

La dama, sumamente ofendida, se retira.

Juan Romagnoli

19

A una mujer

En un tiempo te conocí, pero si nos encontramos en el Paraíso, seguiré mi camino y no daré vuelta la cara.

ROBERT BROWNING

Esta mujer, la otra

De pronto sentí que mi mujer era otra mujer, una mujer que había poseído en una habitación distinta y en una ciudad menos lluviosa, y que pese al televisor y la ventana de todos los días, esa otra mujer había ocupado el rostro y las manos de mi mujer, todo ello sin mediar una sola palabra o mirada, como cuando uno dice amor sin decirlo o ama sin reparar en ello. De pronto me sentí extranjero en el cuerpo de mi mujer, un viajero más que arriba a un país desconocido, una calle nueva para un pueblo recién fundado. Entonces subí a un tren sin pasajeros para emprender la andadura en esa otra piel, y me sumergí en sus cañadas y sus valles, y atónito descubrí mares y cielos de bellísimas altitudes. Estuve meses o años bajo esas aguas dulces, y no salí a la superficie hasta que sentí que la otra mujer se convertía de nuevo en mi mujer y yo, sin dejar de ser el otro, había regresado a ser el mismo.

ROGELIO GUEDEA

La viuda virtuosa

A una viuda que lloraba en la tumba de su marido se acercó un Atractivo Caballero, el cual le aseguró, respetuosamente, que hacía largo tiempo que albergaba por ella los más tiernos sentimientos.

—¡Sinvergüenza! —exclamó la viuda—. ¡Márchese ahora mismo! ¿Le parece el momento de hablarme de amor?

—Le aseguro, señora, que no era mi intención desvelarle mi afecto —se excusó humildemente el Atractivo Caballero—, pero la fuerza de su belleza ha vencido mi discreción.

—Debería verme cuando no estoy llorando —dijo la viuda.

AMBROSE BIERCE

22

XII

Esquina de una calle cualquiera. El HOMBRE, *al pie de un farol, espera con aire resignado y un par de orquídeas. Llega, por fin, la* MUJER.

HOMBRE. (*Corriendo al encuentro de su amada.*) ¡Oh, mi querida Rita!

MUJER. (*Con una sonrisa de amazona.*) ¡Aquí estoy!

HOMBRE. (*Trémulo.*) ¡Pensé que ya no venías!

MUJER. Perdí el tren de las ocho cuarenta.

HOMBRE. ¿Pensaste ayer en mí?

MUJER. Sí.

HOMBRE. ¿Y ayer noche? ¿Soñaste conmigo?

MUJER. Sí, soñé contigo.

HOMBRE. ¿Y qué soñaste?

MUJER. Fue un sueño bastante extraño.

HOMBRE. ¿Por qué?

MUJER. Te vi fragmentado, como en un mosaico.

HOMBRE. (*Con ademán de prestidigitador, ofreciendo a su amada las orquídeas.*) ¡Flores para mi dama!

MUJER. ¿Rosas?

HOMBRE. No, orquídeas.

MUJER. Pues parecen rosas.

HOMBRE. Me juraron que eran orquídeas.

MUJER. De cualquier forma, sean lo que sean, tienen bastante buen aspecto.

Pausa. La MUJER *olfatea ruidosamente las flores. Luego, tras reconsiderar la tersura de los pétalos, empieza a comérselas. El* HOMBRE, *mientras tanto, la contempla con una mirada arrobada.*

HOMBRE. *(Después de un largo silencio, con voz emocionada)* ¡Rita!
MUJER. *(Limpiándose los labios con el dorso de la mano.)* ¿Qué?
HOMBRE. Te quiero.
MUJER. Me gusta oírte decir eso.

Silencio. La MUJER *contiene a tiempo un estornudo. Luego agarra al* HOMBRE *por el cuello y le empuja calle adelante.*

JAVIER TOMEO

Los ancianos fieles

—Otra vez ha entrado el mariposón —dijo la abuela—. Voy a espantarlo como todas la noches.

El mariposón volaba alrededor de una lámpara. Los nietos salieron del cuarto. La abuela cerró la puerta con llave y bajó las celosías de las ventanas. El mayor de los nietos se escondió para ver cómo la abuela espantaba al mariposón.

Y vio al mariposón caminando por el espejo de la cómoda, quitarse las alas y sentarse en una silla. Y vio a la abuela abrir el armario y sacar unos bigotes, un sombrero y un frac.

El mariposón sentado en la silla era un hombre desnudo y se vistió poniéndose de pie los bigotes, el frac y el sombrero.

Y vio a la abuela sacar de una gaveta del armario unas trenzas y un traje de novia. La vio desnudarse y vestirse poniéndose las trenzas y el traje de novia. Y vio a los abuelos como estaban en el retrato del comedor, sonriéndose en un marco dorado. Después los vio volando, tomados del brazo, besándose, dando vueltas alrededor de la lámpara.

JAVIER VILLAFAÑE

Encuentro desigual

Lo conoció una noche en el bar. Desde entonces se sientan a la misma mesa.

—Cuidado, porque vengo de otra parte.

—No importa de dónde vengas.

Se toman de las manos, se observan.

Tanto tiempo sin amar; ya casi no recuerdan.

Ella elige un día. Lo arrastra hasta su puerta.

—No insistas.

—Quiero que vengas.

La sigue y ambos entran.

Ella se desnuda, se le acerca.

Él se deja tomar por ella la cabeza, se deja acariciar, la observa.

Ella sonríe hasta que llega a su frente. Se detiene allí, tuerce la mueca.

—¡Qué es esto! ¡Quién eres!

Siente dos cuernos que la aterran.

—Te dije que era de otra parte —contesta.

Y la ve cómo se chamusca, cómo se quema.

ANDREA MATURANA

Diálogo amoroso

—Me adoro, mi vida, me adoro... A tu lado me quiero más que nunca; no te imaginas la ternura infinita que me inspiro.

—Yo me adoro muchísimo más...: ¡con locura!; no sabes la pasión que junto a ti siento por mí...

—No puedo, no puedo vivir sin mí...

—Ni yo sin mí...

—¡Cómo nos queremos!

—Sin que yo me ame la vida no vale nada...

—Yo también me amo con toda mi alma, sobre todo a tu lado...

—¡Dame una prueba de que te quieres!

—¡Sería capaz de dar la vida por mí!

—Eres el hombre más apasionado de la tierra...

—Y tú la mujercita más amorosa del mundo...

—¡Cómo me quiero!

—¡Cómo me amo!

SERGIO GOLWARZ

La casa al revés

Así que fue a su casa y supo por fin que a ella también le gustaba coleccionar viejitos de loza y jirafas de cristal. Así que ella tenía su cama desfallecida de novelas de Agatha Christie y Simenon. Y adivinó que prefería la lluvia, las manzanas y los paisajes de Watteau. O la neblina sobre el puente. Y si nunca se lo hubiese confesado, cada cosa en el cuarto lo evidenciaba. Así que ella también temió por lo que pudiera decir y guardó todas sus imprudencias en el clóset. Porque, por supuesto, él no iba a llegar a tales extremos. Mientras esperaba a que se quitara la ropa, se preguntó si algún día podría verla cubierta de cremas y tomando el té, gorda, envejecida y más risueña, preguntándole si se acordaba de aquella colección de cristal, de la cursilería, de que tenían mucho frío o del amor.

ILIANA GÓMEZ BERBESÍ

Cuento de horror

La mujer que amé se ha convertido en fantasma. Yo soy el lugar de las apariciones.

JUAN JOSÉ ARREOLA

Sueño

Sentada ante mí con las piernas entreabiertas, columbro la vía para cumplir mi sueño de cosmonauta: arribar a Venus.

EDMUNDO VALADÉS

¿Cuál es la verdadera?

Conocí a una tal Bénédicta que llenaba la atmósfera de ideal, y cuyos ojos irradiaban el deseo de la grandeza, la belleza, la gloria y de todo cuanto permite creer en la inmortalidad. Pero aquella prodigiosa joven era demasiado hermosa como para vivir mucho tiempo; de hecho, murió al cabo de unos pocos días después de haberla conocido. Yo mismo la enterré un día en que la primavera agitaba su incensario hasta en los mismos cementerios. Fui yo quien la enterró dentro de un ataúd de una madera perfumada e incorruptible como la de los cofres de la India.

Y mientras mis ojos permanecían anclados en el lugar donde se había desvanecido mi tesoro, vi de repente a una pequeña figura que guardaba un enorme parecido con la difunta y que, pisoteando la tierra fresca, con una violencia histérica y extraña, exclamaba entre risotadas:

—¡Soy yo, la verdadera Bénédicta! ¡Soy yo, la célebre canalla! ¡Y como penitencia de tu locura y tu ceguera, me amarás tal cual soy!

Furioso, le respondí:

—¡No, no, no!

Y para dejar claro mi rechazo pisé con tanta fuerza la tierra que mi pierna se hundió hasta la rodilla en la reciente sepultura, y como lobo atrapado en la trampa quedé unido, tal vez para siempre, a la fosa del ideal.

CHARLES BAUDELAIRE

31

Unión indestructible

Nuestro amor va de mal en peor. Se nos escapa de las manos, de la boca, de los ojos, del corazón. Ya su pecho no se refugia en el mío y mis piernas no corren a su encuentro. Hemos caído en lo más terrible que pueda ocurrirle a dos amantes: nos devolvemos las caras. Ella se ha quitado mi cara y la tira en la cama; yo me he sacado la suya y la encajo con violencia en el hueco dejado por la mía. Ya no velaremos más nuestro amor. Será bien triste coger cada uno por su lado.

Sin embargo, no me doy por vencido. Echo mano a un sencillo recurso. Acabo de comprar un tambor de pez. Ella, que ha adivinado mi intención, se desnuda en un abrir y cerrar de ojos. Acto seguido se sumerge en el pegajoso líquido. Su cuerpo ondula en la negra densidad de la pez. Cuando calculo que la impregnación ha ganado los repliegues más recónditos de su cuerpo, le ordeno salir y acostarse en las losas de mármol del jardín. A mi vez, me sumerjo en la pez salvadora. Un sol abrasador cae a plomo sobre nuestras cabezas. Me tiendo a su lado, nos fundimos en estrecho abrazo. Son las doce del día. Haciendo un cálculo conservador espero que a las tres de la tarde se haya consumado nuestra unión indestructible.

VIRGILIO PIÑERA

Magias de la miopía

Mi amigo era miope y como por coquetería donjuanesca se negaba a usar lentes le pasó que una mañana que iba por la calle advirtió de pronto en el suelo y al lado suyo una cosa blanca y larga y ondulante que fluía como un arroyuelo de leche y esto despertó su curiosidad y se puso a seguir tan curioso fenómeno y así recorrió y cruzó calles y más calles y finalmente entró bajo una gran puerta a un enorme ámbito en semioscuridad donde brillaban pequeñas luces en medio de una música majestuosa y allí parecía concluir aquel fluir de lo blanco que ahora se alzaba vertical y tomaba la forma de una figura femenina que lo cogió de la mano al tiempo que sonaba una grave y solemne voz que decía:

—Os declaro marido y mujer.

JOSÉ DE LA COLINA

DESENCUENTROS

Vidas paralelas

Se despertó como en un día normal. Dio sus quince vueltas acostumbradas entre las cobijas de la cama. Se metió a bañar, se vistió con su traje y salió.

Ella despertó como en un día normal. Miró la hora en su reloj nuevo y se levantó. Se metió a bañar, se puso su mejor vestido y salió.

Llegó al café y compró un clavel rojo que utilizaría en la solapa del saco. Se acomodó en un lugar junto a la puerta para ver mejor.

Ella estaba atascada en un embotellamiento. Avanzaba muy lentamente y eso la desesperaba. Tocó la bocina, trató de calmarse escuchando la radio, pero el calor del mediodía la sofocaba.

Tomó su cigarrera, la abrió y prendió un cigarro. Ya llevaba una hora y media esperando. Ya hasta había pedido de comer y se había tomado cuatro cafés americanos.

Salió del embotellamiento y se enfiló para el café. Iba a más de ciento diez en una calle muy angosta.

A las dos horas se desesperó, pagó la cuenta y salió. Se quitó el clavel de la solapa, lo miró pensando en mantenerlo como recuerdo, pero lo apretó en su puño y lo tiró en la entrada del café.

Bajó del coche, se le rasgó una media y se dio cuenta de que había dejado las llaves adentro. Con la ayuda de un gancho logró abrir el automóvil y sacar las llaves. Corrió al café.

Llegó a su casa, prendió el televisor y se quedó dormido en el sofá.

Ella entró al café pisando el clavel en la entrada. Buscó pero no había nadie con una flor en la solapa. Decepcionada, salió y se fue a su casa.

Sonó el teléfono que lo despertó. Era ella que le pedía disculpas por la tardanza. Hicieron una nueva cita para el día siguiente.

Se despertó como en un día normal. Dio sus quince vueltas acostumbradas entre las cobijas de la cama. Se metió a bañar, se vistió con su mejor traje y salió.

Ella se despertó como en un día normal.

FRANCISCO JAVIER SÁNCHEZ CORRAL

Despecho

A Violeta le sobran esos dos kilos que yo necesito para enamorarme de un cuerpo. A mí, en cambio, me sobran siempre esas dos palabras que ella necesitaría dejar de oír para empezar a quererme.

Andrés Neuman

Los silenciosos

Éranse una vez, en un café, dos amantes que ya no tenían nada que decirse. Su aspecto, de aflicción más que de otra cosa. Esta aflicción era en el hombre enteramente externa, en la mujer enteramente interna. En la mujer tienen que hacerse internas todas las exterioridades. La aflicción de aquella mujer produjo en ella un resentimiento complejo que estalló en estas palabras:

—Ya podías decirme algo, siquiera por la gente.

En vano buscó el hombre, desesperadamente, un argumento. La mujer no podía o no quería sugerírselo.

Pero como ambos, aunque amantes, eran dos personas de espíritu, llegaron prontamente a un acuerdo: se pusieron a contar en voz baja. El hombre comenzó acercándose a ella, con expresión misteriosa:

—Uno, dos, tres...

La mujer replicó adusta:

—Cuatro, cinco, seis, siete.

El hombre, al oír aquellas palabras, se dulcificó y murmuró con patetismo:

—Ocho, nueve, diez.

No se convenció la mujer, por lo visto, y le fulminó una descarga:

—Once, doce, trece...

Y así continuaron hasta que se hizo de noche...

MASSIMO BONTEMPELLI

Cuadrilla

João amaba a Teresa que amaba a Raimundo
que amaba a María que amaba a Joaquín que amaba a Lilí
que no amaba a nadie.
João se fue a Estados Unidos, Teresa al convento,
Raimundo murió en un accidente, María se quedó solterona,
Joaquín se suicidó y Lilí se casó con J. Pinto Fernández,
que no había entrado en esta historia.

CARLOS DRUMMOND DE ANDRADE

Ella Él

Él, que se acuesta con ella, él, que para atraerla fue poniendo de manifiesto tan diversos rasgos de carácter, su desilusión, entre otros, su manera de manejar a lo pase lo que Dios quiera, entre otros, su capacidad de contar verdades como si fueran embustes, entre otros. Él, que cuenta en su haber los cien metros planos el gusto por las medias caras el paralelo y risible descuido por los zapatos el aprecio por autores de los que llaman menores el tiro con rifle la manía de no botar las camisas viejas el tabaco inglés la confesión de que cualquier pendejada lo conmueve la constancia —llámenla si quieren testarudez— irracional, la teoría de que hablar con las mujeres es perder el tiempo de que mejor las manos que además siempre deben estar doblando tapas de refresco monedas quebrando astillas aplastando nueces para hacerle sentir a ella una cierta impresión de peligro de inminente tenaza.

Ella, que tan repetidamente ha puesto de manifiesto su miedo por las ratas cierto sueño infantil de desamparo su aversión hacia las señoras gordas el gusto de que le hagan cosquillas en el tercer espacio intercostal derecho su indiferencia por la metafísica su interés por la hiperconductividad metálica su compulsión de romper jarrones su amor por los cuartos encerrados y sin muebles su aversión por las jaulas con pajaritos su convicción de que los caracoles arrastran el invisible carro del olvido su risa por las señoritas que se platinan su propensión a crear lenguajes cuyas palabras son ciertos guiños ciertas formas de relamerse lo labios.

Él, ese carajo a quien inventé atribuyéndole las cualidades todas que creí podrían atraerla que en efecto la atrajeron y que en el fondo no tienen nada que ver conmigo que soy otra cosa, que como sabrán ustedes soy enteramente otra cosa.

Ella, que tantos antedichos rasgos inventó para atraer, no a mí, sino al monigote falso que yo había creado, no a mí, sino a ese ser increíble que todas las noches la posee y que tiene tan poca existencia como el que ella ha creado.

Ella él quién pudiera reventarle los ojos decirles a él cabrón a ella puta levantarles la tapa de los sesos, quién entonces yo y tú mirándonos con horror y con asco desde nuestra repentina verdad, nuestra extrañeza.

LUIS BRITTO GARCÍA

Agradecimiento

Hortensia Salazar recogió de la tintorería el abrigo rojo que días atrás había dejado para limpiar. El abrigo traía en su bolsillo izquierdo una pequeña carta dirigida a ella. Se le invitaba a acudir a una misteriosa cita en la playa, el martes doce a las tres de la tarde.

La dama, picada por la curiosidad, acudió a la cita y esperó por espacio de tres largas horas. Cuando cansada e indignada se disponía a marcharse, un niño le entregó otra carta de color verde. En ella, el misterioso personaje, que firmaba con las iniciales A.Z. se excusaba por no haberse presentado y le volvía a convocar para dentro de siete días en los jardines de la catedral.

Hortensia Salazar guardó fidelidad ininterrumpida durante más de veinte años a los sucesivos requerimientos, a pesar de que a ellos, jamás acudió nadie.

Gracias a la diversidad geográfica de las citas, la paciente dama llegó a conocer perfectamente todos los rincones de su ciudad. Y cuando murió, siendo ya muy anciana, lo hizo quedando profundamente agradecida a aquel desconocido, que durante tantos años había llenado su vida, manteniendo viva en ella la llama de la pasión por lo ignorado e inasequible.

JULIA OTXOA

44

Triángulo

Él prefería la lluvia. Ella, el sol. Yo, la nieve.

Ella miraba todas las telenovelas. Él, los partidos de fútbol. Yo, las noticias.

Él hablaba lo necesario. Ella bastante más. Yo, demasiado menos.

Ella amaba a Dios por sobre todas las cosas. Él era ateo. Yo, agnóstico.

A él le gustaba ir a bailar. A ella, los conciertos. A mí, el cine.

Ella lucía un premeditado desaliño. Él estaba siempre impecable. Yo, no tanto.

Éramos buenos amigos pero ella estaba enamorada de él. El problema era que él me amaba a mí. Y yo, claro, la amaba a ella.

FABIÁN VIQUE

Ventana sobre una mujer / 2

La otra llave no gira en la puerta de calle.
La otra voz, cómica, desafinada, no canta desde la ducha.
En el baño no hay huellas de otros pies mojados.
Ningún olor caliente viene de la cocina.
Una manzana a medio comer, marcada por otros dientes, empieza a pudrirse sobre la mesa.
Un cigarrillo a medio fumar, muerto gusano de ceniza, tiñe el borde del cenicero.
Pienso que debería afeitarme. Pienso que debería vestirme. Pienso que debería.
Llueve agua sucia dentro de mí.

EDUARDO GALEANO

Ver y contar

La sirena nadó con desesperación y fue llamando a sus hermanas a medida que regresaba al fondo marino. Una vez junto al bosque de coral, cuando se creyó rodeada por sus iguales, contó lo que había visto. Seres sin cola de pez, desplazándose por la arena de la orilla, con extrañas membranas de color cubriendo partes de sus cuerpos. La descripción fue rica y minuciosa, sólo interrumpida por el acelerado ritmo de sus branquias. Nadie le creyó.

Como la joven insistía fue llevada a la corte de ancianos, quienes, con el fin de que sentara cabeza, la condenaron a escribir diariamente y con rigor de detalles lo que ocurría en un radio de media milla submarina.

Desde entonces, cada vez que salía a la superficie, disfrutaba del sol y cantaba, pero con los ojos cerrados. No obstante, tenía sueños extraños. Soñaba con un ser sin cola de pez, que en la deseada orilla de arena estaba obligado a escribir una página triste, donde no tenían cabida las sirenas.

María Cristina Ramos

Pasión

El hombre, con los brazos abiertos delante de la puerta, le obstaculizaba el paso. Ella no pudo evitar una sonrisa, pese a todo.

—Pareces un Cristo.

—No te vas.

—Volveré en unos días.

—¿Está aquí de nuevo, verdad?

—¿Para qué lo preguntas?

—No te vayas.

—Déjame salir.

—¿Esto va a durar toda la vida?

—No lo sé.

El hombre se apartó, cruzó junto a ella evitando rozarla, se sirvió un trago y se hundió en un sillón, derramándose encima la bebida, mientras la puerta se cerraba. Se levantó de inmediato, fue hasta la ventana: sólo entonces se dio cuenta de que llovía.

—Se va a mojar —dijo, en voz muy baja.

JULIO MIRANDA

Adánica

Adán busca insistentemente a Eva. Escribe mensajes en los diarios, en los carteles de propaganda de los buses, y para hacerse perdonar le ofrece una casa nueva y un huerto de manzanas.

Un día recibe una nota, escrita en una hojita verde: gracias por tus palabras y las manzanas. Pero ahora prefiero el queso. La nota trae una firma: Yo, la peor de todas.

JUAN ARMANDO EPPLE

Las pieles del regreso

Él amaba sus pechos anchos caídos como lenguas mansas sobre su abdomen abultado. Le gustaba recorrer su cuerpo lleno de curvas, de excesos, de pliegues, de blanda acogida. Tocarla era el presagio del placer y el abrazo le hacía perder los límites de su propia piel confundida en la de ella. Nada se comparaba a su cuerpo lleno de historias.

El día en que se fue sin aviso, él se prosternó ante la desolación. Cada tarde fue un espiar por la ventana aguardando su regreso.

Tres meses después, los conocidos golpecitos rítmicos lo estremecieron.

Parecía ella, sólo que reducida, estirada, tensada como una cuerda. Buscó beber sus pechos, la abrazó, la desnudó lleno de besos y sentido, pero el hálito a goma, la dureza de sus caderas, el vientre plano.

Cuando ella despertó, no pudo explicarse el cuerpo tan amado, balanceándose desde la viga principal.

En los ojos del suicida, se leía la orfandad.

PÍA BARROS

50

Crédito

Se juraron amor eterno como quien firma una hipoteca. Pagados los plazos, el piso lo ocupó la vecina de enfrente.

MARÍA TENA

Pedagogía equivocada

Según las enseñanzas de su madre, cuando sintió al Príncipe aproximarse, bajó la vista. Luego quiso verlo, pero había desaparecido. Entonces lloró y maldijo a su madre porque comprendió que, igual que ella, tendría que casarse con un hombre como su padre.

TOMÁS ARAUZ

Acto de amor

Se miró en el espejo, desnudo. Le dolió la juventud que reflejaban sus diecisiete años: ella era mucho mayor. Estaba decidido. Tomó los anteojos del abuelo y se los puso. Al principio, vio su imagen difusa pero, lentamente, fue graduando la vista hasta que pudo distinguirse con precisión a través de los cristales. Ya había dado el primer paso. Con alegría y paciencia, convirtió cada cabello en una cana. Después, se concentró en la cara: marcar algunos surcos en la frente, lograr varias arrugas, desteñir un poco el color de los ojos para que fuesen como los de ella. La piel comenzó a tensarse por el crecimiento de la barba, blanca y dura. Entonces abrió la boca, eligió algunos dientes y los escupió. Estaba agotado. Se infundió nuevas energías pensando apenas un instante en ella y se dispuso a seguir. Aflojó los músculos de los brazos y de las piernas y, una vez modelada la curva de la espalda, se dedicó a redondear un poco en vientre. Se impuso el fracaso de su sexo: estaba seguro de que con ella compartiría cosas mejores. Respiró profundamente mientras recorría, conforme, su cuerpo con la vista. El aspecto ya estaba logrado. Ahora faltaba lo más difícil. ¿Cómo fabricar recuerdos de cosas que nunca había vivido? Una idea lo hizo sonreír: era viejo y muchos viejos no tenían memoria. Se apuró a concluir la tarea. Poco a poco, su mente se fue poblando de lugares oscuros, impenetrables. De pronto, la mirada de un viejo que sonreía, su propia mirada, lo distrajo. Examinó su reflejo como si lo descubriera por primera vez, sin entender. Le pareció recordar que él mismo se había construido esa imagen. Lástima que ya no supiera para qué lo había hecho.

JUAN SABIA

53

La ruptura

—Vengo a decirte que me he dado cuenta de que he dejado de quererte —dijo Viviana apenas entró en la oficina, después de cerrar delicadamente la puerta tras sí.

Luis apartó los ojos de la pantalla del ordenador, los posó en Viviana, y de inmediato desplazó la mirada hacia la ventana, por la cual se alcanzaba a ver un trozo de cielo plomizo y un fragmento de jacarandá en flor.

—¿No me has oído, Ricardo? Ya no te quiero —insistió Viviana.

—Es que no soy Ricardo —respondió Luis con aire cansado.

—¿Qué importa? Te suplico que no conviertas esto en una discusión sobre nombres. Se acabó mi amor por ti, y basta.

—Está bien, está bien, Nelly —dijo Luis—. No quiero convertir nada en una cuestión de nombres. Es más: no quiero tener ninguna discusión contigo. En la oficina de al lado está Vicente: ve a comunicarle que dice Paco que ya no lo quiere, y en paz.

David Lagmanovich

Solange

Solange, la enamorada. Todas las muchachas perdían frente a Solange. Ninguna podía competir con ella en materia de seducción. Los jóvenes de la ciudad sólo alimentaban una aspiración: que Solange los mirase. Desdeñaban a todas las otras, aunque fuesen lindas, llenas de gracia y buenas para enamorar. Enamorar a Solange, merecer el favor de sus ojos: ¿qué más desear en la vida?

De ninguno se enamoraba Solange. Era una torre, un silencio, un abismo, una nube. Su familia se inquietaba por esto y le pedía por el amor de Dios que eligiera un muchacho y se enamorase. El párroco la exhortó en ese sentido. El intendente apeló a sus buenos sentimientos. Nadie más se casaba, la legión de solteronas era preocupante. Se temía por el orden social.

La desaparición de Solange no fue explicada hasta ahora, pero dicen que en una carta dirigida a la familia ella declaró que, para ser la enamorada en potencia de todos, no podía enamorarse de uno sólo, aunque cambiase de enamorado sucesivamente. Estaba segura de que ejercía la función de un sueño que beneficiaba a todos. Pero si no era así, y nadie comprendía su entrega ideal a todos los jóvenes, ella decidía desaparecer para siempre, y adiós.

¿Adiós? Se ignora adónde fue Solange, pero así fue que se convirtió en mito supremo y nunca más nadie se enamoró en la ciudad. Las muchachas envejecieron y murieron, la iglesia cerró las puertas, el comercio decayó y terminó, las casas se desplomaron en ruinas, todo allí quedó reducido a una tapera.

CARLOS DRUMMOND DE ANDRADE

El amor impedido

Y me dijo compungido el que durante tantos años fue amante de la mujer barbuda: «Para poder casarnos fue preciso que ella se afeitara. Un momento terrible; desde ese día se suceden todas mis desdichas. Nadie quiso entender que su feminidad, su encanto y su ternura nacían precisamente de la barba. Secretamente intentamos ser felices, para lo que ella debía ponerse una barba postiza, rizada por un peluquero de París y perfumada con extracto de heliotropo y vainilla; pero no era lo mismo, así que tuvo que abandonarme. Se marchó en un carromato de gitanos búlgaros en busca de un país en el que las mujeres barbudas puedan casarse tal como son. A mí sólo me quedan las lágrimas y la memoria de su preciosa barba nublando sus senos de niña.

Pese a tanto dolor y desconsuelo, antes de irme me enseñó la barba postiza, que era rubia y tenía olor —al menos para mí— de amores solitarios».

RAFAEL PÉREZ ESTRADA

LOS ABRAZOS

12

Se miran, se presienten, se desean,
se acarician, se besan, se desnudan,
se respiran, se acuestan, se olfatean,
se penetran, se chupan, se demudan,
se adormecen, despiertan, se iluminan,
se codician, se palpan, se fascinan,
se mastican, se gustan, se babean,
se confunden, se acoplan, se disgregan,
se aletargan, fallecen, se reintegran,
se distienden, se enarcan, se menean,
se retuercen, se estiran, se caldean,
se estrangulan, se aprietan, se estremecen,
se tantean, se juntan, desfallecen,
se repelen, se enervan, se apetecen,
se acometen, se enlazan, se entrechocan,
se agazapan, se apresan, se dislocan,
se perforan, se incrustan, se acribillan,
se remachan, se injertan, se atornillan,
se desmayan, reviven, resplandecen,
se contemplan, se inflaman, se enloquecen,
se derriten, se sueldan, se calcinan,
se desgarran, se muerden, se asesinan,
resucitan, se buscan, se refriegan,
se rehuyen, se evaden y se entregan.

OLIVERIO GIRONDO

59

Francisco de Aldana

No olvide usted, señora, la noche en que nuestras almas lucharon cuerpo a cuerpo.

Juan José Arreola

Eugencsia

Una dama de calidad se enamoró con tanto frenesí de un tal señor Dodd, predicador puritano, que rogó a su marido que les permitiera usar de la cama para procrear un angel o un santo; pero, concedida la venia, el parto fue normal.

WILLIAM DRUMMOND

Canción cubana

¡Ay, José, así no se puede!
¡Ay, José, así no sé!
¡Ay, José, así no!
¡Ay, José, así!
¡Ay, José!
¡Ay!

GUILLERMO CABRERA INFANTE

Una viuda inconsolable

Famoso por los ornamentos de su entrepierna fue Protesilao, marido de Laodamia. Cada vez que hurgaba en las entrañas de su consorte con aquella terrible púa, Laodamia sufría un éxtasis tan profundo que había que despertarla a cachetazos, cosa que de todos modos no se conseguía sino después de varias horas de bofetadas. Entonces, al volver en sí, murmuraba: «¡Ingrato! ¿Por qué me hiciste regresar de los Campos Elíseos?».

Como parece inevitable entre los griegos, Protesilao murió en la guerra de Troya. Laodamia, desesperada, buscando mitigar el dolor de la viudez, llamó a Forbos, un joven artista de complexión robusta, y le encargó esculpir una estatua de Protesilao de tamaño natural, desnudo y con los atributos de la virilidad en toda su gloria. Laodamia le recomendó: «Fíjate en lo que haces, porque mi marido no tenía nada que envidiarle a Príapo».

Cuando la estatua estuvo terminada, la llorosa viuda la vio y frunció el ceño. «¡Idiota!», le dijo a Forbos en un tono de cólera, «exageraste las proporciones. ¿Cómo podré, así, consolarme?» Forbos, humildemente, le contestó: «Perdóname. Es que no conocí a tu marido, por lo que me tomé a mí mismo como modelo».

Laodamia, siempre furiosa, destrozó a martillazos la estatua y después se casó con Forbos.

MARCO DENEVI

Sexo

Amo tu sexo, oscuro y tibio como un vino. La idea debe ser siempre embriagarse en el origen.

WILFREDO MACHADO

La última mujer

Ella sentía tanto pudor que evitaba desvestirse en su presencia. Un pudor desmedido, observó él. Un pudor que ocultaba, se diría, algún misterio. Por fin le dio la espalda, se quitó la blusa y volteó enseñándole sus senos puntiagudos, aunque cruzando los brazos a la altura del abdomen.

—¿Ves? —le dijo sin mirarlo—. Ningún hombre ha visto antes esto. —Y le mostró en consecuencia su asombroso cuerpo sin ombligo.

—Cuando nací —contó—, no hizo falta cortar el cordón umbilical. Tiraron de él y mi ombligo se arrancó, limpio y entero, del vientre. Mi padre me puso Eva, como la primera mujer que, al nacer de la costilla de Adán, también carecía de un ombligo. Mi madre se sobresaltó y, en un arranque de superstición, exclamó que si la primera mujer había nacido sin ombligo, ahora yo podía muy bien ser la última. Los médicos rieron de buena gana: aun así, hasta que en el ala contraria no nació la siguiente niña, una incertidumbre (no sé si exagerada) reinó en aquel hospital.

Él escuchó en silencio su relato y se rió de la misma forma que los médicos parteros. Luego recorrió con la lengua el vientre liso. Y la amó como si en efecto fuera la última mujer de la tierra.

Eduardo Berti

Bonellia y Viridis

Confirmó la sospecha de su propia mengua el día en que se vio obligado a empinarse para besarla.

Pronto supo también que aquel ir consumiéndose estaba directamente relacionado con su amor hacia ella: a medida que su pasión por Bonellia aumentaba, él, el gran, el viril Viridis, disminuía.

Tras hacer muchos cálculos, llegó aterrado a la conclusión de que, con cada orgasmo, se le iban aproximadamente dos centímetros de sí mismo: teniendo en cuenta que sus encuentros arrebatados se producían a diario, suponía Viridis que el 1,80 de su vanidad tardaría unos tres meses en acabar de extinguirse.

Entonces, se propuso olvidarla. Viajó para ello a un país lejano. Pero el deseo por Bonellia, enraizado en la fibra más honda de su cerebro, también viajó con él y hubo de regresar torturado a sus brazos, aceptar su condena y seguir amenguando.

Tras su vuelta, Viridis asistía impotente al proceso de su destrucción, mientras para Bonellia la merma progresiva del amante parecía avivar su efervescencia.

Cuando, semanas más tarde, quedó reducido al tamaño de un dedo, ella empezó a jugar con él: riendo, le colocaba sobre sus pechos-duna, y Viridis, empujado por un movimiento de gelatina semejante a un naufragio, se aferraba a sus pezones, tersos y oscuros como dátiles, para acabar resbalando a la llanura de su vientre de arena.

Dos centímetros apenas le quedaban a Viridis de sí mismo el día en que, tras una fuerte caída, se perdió entre el vello de palmeras que adornaba el pubis de su amada. De pronto, sintió que la inmensa mano de Bonellia le empujaba con mimo hasta introducirlo entero y para siempre en aquel oasis que había sido objeto de sus mermas y desvelos.

Allí, rodeado de cálida humedad y carne rosa, Viridis recibe a diario la visita tumultuosa y viril del nuevo amante de Bonellia. Desde su situación privilegiada, y con todo el tiempo del mundo para hacer cálculos, comprueba con satisfacción vengativa cómo el nuevo amante también se va reduciendo a medida que ama.

«Dentro de pocos días, cabrón, vas a querer viajar a un país muy lejano.»

CARMELA GRECIET

Nota: *Bonellia viridis*: Especie de gusano marino con diformismo sexual muy acusado. El macho, que es diminuto, vive parásito en el interior de la hembra con el único fin de fecundarla.

Pretextos

Al despertar, lo vio dormido a su lado. La noche anterior había dejado de ser virgen. La reina en ese momento entró a la habitación.

—¡Dios santo, hija mía! ¿Quieres explicarme esto?

—Verás, madre: anoche después de la cena salí a los jardines y en una fuente encontré un sapo que ante mi asombro comenzó a hablar.

LUIS FELIPE HERNÁNDEZ

Excesos de pasión

Nos amamos frenéticamente fundiendo nuestros cuerpos en uno. Sólo nuestros documentos de identidad prueban ahora que alguna vez fuimos dos y aun así enfrentamos dificultades: la planilla de impuestos, los parientes, la incómoda circunstancia de que nuestros gustos no coinciden tanto como creíamos.

ANA MARÍA SHUA

La incrédula

Sin mujer a mi costado y con la excitación de deseos acuciosos y perentorios, arribé a un sueño obseso. En él se me apareció una, dispuesta a la complacencia. Estaba tan pródigo, que me pasé en su compañía de la hora nona a la hora sexta, cuando el canto del gallo. Abrí luego los ojos, y ella misma a mi diestra, con sonrisa benévola, me incitó a que la tomara. Le expliqué, con sorprendida y agotadora excusa, que ya lo había hecho.

—Lo sé —respondió—, pero quiero estar cierta.

Yo no hice caso a su reclamo y volví a dormirme, profundamente, para no caer en una tentación irregular y quizás ya innecesaria.

EDMUNDO VALADÉS

La cosa

Él, que pasaremos a llamar el sujeto, y quien estas líneas escribe (perteneciente al sexo femenino), que como es natural llamaremos el objeto, se encontraron una noche cualquiera y así empezó la cosa. Por un lado porque la noche es ideal para comienzos y por otro porque la cosa siempre flota en el aire y basta que dos miradas se crucen para que el puente sea tendido y los abismos franqueados.

Había un mundo de gente pero ella descubrió esos ojos azules que quizá —con un poco de suerte— se detenían en ella. Ojos radiantes, ojos como alfileres que la clavaron contra la pared y la hicieron objeto —objeto de palabras abusivas, objeto del comentario crítico de los otros que notaron la velocidad con la que aceptó al desconocido—. Fue ella un objeto que no objetó para nada, hay que reconocerlo, hasta el punto que pocas horas más tarde estaba en la horizontal permitiendo que la metáfora se hiciera carne en ella. Carne dentro de su carne, lo de siempre.

La cosa empezó a funcionar con el movimiento de vaivén del sujeto que era de lo más proclive. El objeto asumió de inmediato —casi instantáneamente— la inobjetable actitud mal llamada pasiva que resulta ser de lo más activa, recibiente. Deslizamiento de sujeto y objeto en el mismo sentido, confundidos si se nos permite la paradoja.

Luisa Valenzuela

Amor 77

Y después de hacer todo lo que hacen, se levantan, se bañan, se entalcan, se perfuman, se peinan, se visten, y así progresivamente van volviendo a ser lo que no son.

Julio Cortázar

MATRIMONIOS

Los héroes deben permanecer solteros

Terrible. Terrible ha de ser para Teseo encontrarse diariamente con la mirada de su mujer Ariadna. Con esa mirada que le pregunta: ¿Y? ¿Cuándo volverás a matar otro Minotauro? ¿Ya se te acabó la cuerda? ¿Me casé con un héroe o con quién? ¿Así que esto era el matrimonio?

Cómo hacerle entender que los Minotauros no abundan y que, en todo caso, uno no está dispuesto a matar todos los días un monstruo.

MARCO DENEVI

El tirador galante

Cuando atravesaban el bosque, mandó detener el carruaje junto a un campo de tiro tras confesar que le apetecía realizar unos cuantos disparos para *matar* el Tiempo.

—¿Matar a ese monstruo no es acaso la ocupación más normal y legítima de cualquier persona?

Y tendió cortésmente la mano a su querida, deliciosa y odiosa mujer, a aquella misteriosa mujer a la que debía tantos placeres, tantos dolores y tal vez buena parte de su genio.

Algunas balas dieron lejos de la diana y una de ellas fue a parar incluso al techo. Cuando aquella encantadora criatura empezó a reír como una posesa, burlándose de la torpeza de su marido, éste se volvió bruscamente hacia ella y le dijo:

—Fijaos en aquella muñeca, allá, a la izquierda, aquella con la nariz respingona y el rostro tan altivo. Pues bien, angelito mío, *imaginaré que sois vos.*

Y tras cerrar los ojos, amartilló la pistola. Al momento la muñeca quedó decapitada.

Acto seguido, se volvió hacia su querida, su deliciosa, su odiosa mujer, su inevitable e implacable musa y, tras besarle la mano, añadió:

—¡Ah, angelito mío, cuánto os debe mi destreza!

Charles Baudelaire

76

Cotidiana

Tras una discusión, coloqué a mi mujer sobre la mesa, la planché y me la vestí. No me sorprendió que resultara muy parecida a un hábito.

MIGUEL GOMES

Noche de verano

La mujer estaba en la cocina cuando llegó el hombre. Preparaba una cena liviana. «No se soporta el calor, no corre una gota de aire.» Cenaron en la cocina. A pesar del calor, el hombre comió mucho. Las piezas estaban calientes, faltaba el aire. Ella lavó los platos. Él se tomó un vaso de vino frío y se arrastró hasta la reposera del patio, cruzó las piernas, aflojó el cuello y miró al cielo, clavando la vista en un punto. La mujer apagó la luz y salió al patio. Se sentó en otra reposera y se abrió los botones del vestido.

—Tengo calor —lo dijo pasándose una mano por el pecho húmedo de transpiración—, no aguanto más.

El resplandor de la luna llena iluminaba los cuerpos.

Se escuchó una frenada cerca y unos ladridos que parecían lejanos. El hombre empezaba a dormirse.

—¿Querés ir a la cama? —le preguntó mientras su mano le recorría la pierna desde la rodilla hasta el sexo.

—Sí —dijo él—, mejor me acuesto.

La mujer permaneció recostada en la reposera que estaba cerca de la habitación donde el hombre ya casi dormía. Escuchó el ruido que hacían las aletas flojas del ventilador de la pieza y se cerró el vestido mientras trataba de acomodar su cuerpo en la reposera.

ÁNGELA PRADELLI

Amor I

A ella le gusta el amor. A mí no. A mí me gusta ella, incluido, claro está, su gusto por el amor. Yo no le doy amor. Le doy pasión envuelta en palabras, muchas palabras. Ella se engaña, cree que es amor y le gusta; ama al impostor que hay en mí. Yo no la amo y no me engaño con apariencias, no la amo a *ella*. Lo nuestro es algo muy corriente: dos que perseveran juntos por obra de un sentimiento equívoco y de otro equivocado. Somos felices.

Amor II

Pretende que yo estoy enamorada del amor y que a él sólo le interesa el sexo. Dejo que lo crea. Cuando su cuerpo me estremece, lo atribuye a sus muchas palabras. Cuando mi cuerpo lo estremece, lo atribuye a su propio ardor.

Pero me ama. Y no lo saco de su engaño porque lo amo. Sé muy bien que seremos felices lo que dure su fe en que no nos amamos.

RAÚL BRASCA

El rinoceronte

Durante diez años luché con un rinoceronte; soy la esposa divorciada del juez McBride.

Joshua McBride me poseyó durante diez años con imperioso egoísmo. Conocí sus arrebatos de furor, su ternura momentánea, y en las altas horas de la noche, su lujuria insistente y ceremoniosa.

Renuncié al amor antes de saber lo que era, porque Joshua McBride me demostró con alegatos judiciales que el amor sólo es un cuento que sirve para entretener a las criadas. Me ofreció en cambio su protección de hombre respetable. La protección de un hombre respetable es, según Joshua, la máxima ambición de toda mujer.

Diez años luché cuerpo a cuerpo con el rinoceronte, y mi único triunfo consistió en arrastrarlo al divorcio.

Joshua McBride se ha casado de nuevo, pero esta vez se equivocó en su elección. Buscando otra Elinor, fue a dar con la horma de su zapato. Pamela es romántica y dulce, pero sabe el secreto que ayuda a vencer a los rinocerontes. Joshua McBride ataca de frente, pero no puede volverse con rapidez. Cuando alguien se coloca de pronto a su espalda, tiene que girar en redondo para volver a atacar. Pamela lo ha cogido de la cola, y no lo suelta, y lo zarandea. De tanto girar en redondo, el juez comienza a dar muestras de fatiga, cede y se ablanda. Se ha vuelto más lento y opaco en sus furores; sus prédicas pierden veracidad, como en labios de un actor desconcertado. Su cólera no sale ya a la superficie. Es como un volcán subterráneo, con Pamela sentada encima, son-

80

riente. Con Joshua, yo naufragaba en el mar; Pamela flota como un barquito de papel en una palangana. Es hija de un pastor prudente y vegetariano que le enseñó la manera de lograr que los tigres se vuelvan también vegetarianos y prudentes.

Hace poco vi a Joshua en la iglesia, oyendo devotamente los oficios dominicales. Está como enjuto y comprimido. Tal parece que Pamela, con sus dos manos frágiles ha estado reduciendo su volumen y le ha ido doblando el espinazo. Su palidez de vegetariano le da un suave aspecto de enfermo.

Las personas que visitan a los McBride me cuentan cosas sorprendentes. Hablan de unas comidas incomprensibles, de almuerzos y cenas sin rosbif; me describen a Joshua devorando enormes fuentes de ensalada. Naturalmente, de tales alimentos no puede extraer las calorías que daban auge a sus antiguas cóleras. Sus platos favoritos han sido metódicamente alterados o suprimidos por implacables y adustas cocineras. El patagrás y el gorgonzola no envuelven ya el roble ahumado del comedor en su untuosa pestilencia. Han sido reemplazados por insípidas cremas y quesos inodoros que Joshua come en silencio como un niño castigado. Pamela, siempre amable y sonriente, apaga el habano de Joshua a la mitad, raciona el tabaco de su pipa y restringe su whisky.

Esto es lo que me cuentan. Me place imaginarlos a los dos solos, cenando en la mesa angosta y larga, bajo la luz fría de los candelabros. Vigilado por la sabia Pamela, Joshua el glotón absorbe colérico sus livianos manjares. Pero sobre todo me gusta imaginar al rinoceronte en pantuflas, con el gran cuerpo informe bajo la bata, llamando en altas horas de la noche, tímido y persistente, ante una puerta obstinada.

JUAN JOSÉ ARREOLA

El paso del tiempo

Después de un año de casados, de sobremesa, ella, seria, le dijo a su marido:

—Veo que no nos entendemos. Siempre discutimos y nos peleamos. Es mejor que nos separemos antes de tener hijos, los haríamos infelices. Nos quedan muchos años para vivir otras vidas mejores.

Él respondió:

—De acuerdo.

Luego de la cena en una cocina más grande, mientras los hijos miraban la televisión, ambos bebiendo oporto, ella le dijo:

—No, de una vez por todas, esto no va. Seguimos cada vez peor. Es mejor que nos separemos antes de arruinarles la vida a nuestros hijos. Oportunidades no nos van a faltar.

Él respondió:

—De acuerdo.

Antes de sentarse frente al televisor con un vaso de whisky el marido, y una copa de coñac la mujer, ella le dijo:

—Nuestros hijos ya no están. Ni sabemos por dónde andan. Definitivamente, no hay manera de entendernos. Es mejor que nos separemos antes de arruinarnos el resto de nuestros días.

Él respondió:

—De acuerdo.

Ella, la espalda ligeramente encorvada por la edad, sentada

frente a la televisión, una copa de coñac en una mano y con la otra acariciando un perro, le dijo:

—Nunca me contradecía. Realmente, era un buen hombre.

Pablo Urbanyi

Mimados

Durante todo el año Baby Pérez reprocha a Beba González que no le lleva el desayuno a la cama como mami.

Beba González reclama a Baby Pérez que no la manda de vacaciones a Miami como papi.

Baby acusa a Beba de no recoger como mami las prendas que él va dejando regadas.

Beba acusa a Baby de no dejarle como papi la tarjeta dorada para las compras de modas.

Baby critica a Beba que las panquecas no tienen el toque que él recuerda de las hechas por mami.

Beba se queja con Baby de que no sabe elegirle las cocineras como papi.

Baby reclama a Beba que no lo comprende como mami.

Beba contesta a Baby que no la mima como papi.

Baby rompe todas las camisas finas que Beba no le plancha como mami.

Beba le tira por la cabeza toda la vajilla que Baby no le elige tan fina como papi.

Baby cae en el barranco al darse cuenta de que Beba no es como mami.

Beba entra en la depre al tomar conciencia de que Baby no es como papi.

Baby sale a romper vidrios de carros con los panas para sacarse el clavo de que Beba no es como mami.

Beba corre a una terapia de grupo con las cómplices para hacer catarsis del tormento de que Baby no es como papi.

Baby grita.

Llora Beba.

Baby huye a la casa paterna para contar que su chama no lo cuida a él como mami.

Beba escapa para la casa materna contando con la atención absorbente de papi.

Baby encuentra que con el cañonazo de Año Nuevo mami ha huido con el papi de Beba y Beba descubre que papi ha escapado con la mami de Baby cansados mami y papi de malgastar en Baby y Beba tantos mimos que sólo fueron correspondidos con mala-crianzas.

LUIS BRITTO GARCÍA

Muso inspirador

El doctor J. F. debió renunciar a su cargo de asesor legal en el Congreso cuando su esposa Carla escribió, detalló y hasta editó, con pelos y señales, las palizas que antaño él le propinara.

El grueso volumen fue best-seller, y Carla empezó a pucherear como Dios manda.

El doctor J. F. no pudo desde entonces conseguir digno trabajo. Pero en cambio ganó un juicio imposible sobre estímulo creativo y propiedad de textos.

Ahora comparte con Carla los derechos de autor.

MARTA NOS

Hasta que la muerte nos separe

Cierto día apareció la esposa y le dijo:

—Hoy va a morir un hombre.

—¿Y cómo lo sabes? —preguntó el esposo.

—Porque lo acabo de soñar.

—¿Y quién es ese hombre?

—¿Qué importa eso si de todos modos va a morir?

—Pero ¿cómo es?; ¿bajo y gordo como yo?

—Por un momento, lo vi bajo y gordo como tú, pero también lo vi alto y flaco. Era un sueño, y en los sueños, las montañas a veces son cuadradas, y el sol puede ser verde y hasta triple, y las mujeres o los gobiernos, aunque parezca extraño, pueden tener una cabeza y pensar. Como te dije, no sé quién es el hombre que va a morir, sólo sé que es un hombre y que va a morir.

«No se atreve a decirme que ese hombre soy yo. Pero está todo tan claro como que el día se me está oscureciendo», pensó el esposo y se empezó a enfermar gravemente. Cuando apenas le quedaba una noche de aliento, la esposa le preguntó:

—¿Cómo adivinaste que eras tú mismo quien iba a morir?

—Porque siempre me has amado intensamente —dijo el esposo—. ¿Y con quién otro habrías podido soñar sino conmigo?

Y agregó:

—Pero como yo también te amo intensamente, antes de morirme voy a soñar contigo.

Eugenio Mandrini

Cuento de horror

La señora Smithson (estas cosas siempre suceden en Londres) resolvió matar a su marido. No por nada sino porque, simplemente, estaba harta de él. Se lo dijo:

—Thaddeus, voy a matarte.

—Bromeas, Euphemia —se rió el marido.

—¿Cuándo he bromeado yo?

—Nunca, es verdad.

—¿Por qué habría de hacerlo ahora y en un asunto de tanta importancia?

—¿Y cómo me matarás?

—Todavía no lo sé. Quizá poniéndote todos los días una pizca de arsénico en las comidas. Quizás aflojando una pieza en el motor del automóvil. O te haré rodar por la escalera, aprovecharé cuando estás dormido para destrozarte el cráneo con un candelabro de plata maciza, conectaré a la bañera un cable de la electricidad. No, todavía no lo sé.

El señor Smithson perdió el sueño y el apetito, se enfermó de los nervios y se le alteraron las facultades mentales. Seis meses después falleció.

Euphemia Smithson le agradeció a Dios haberla librado de ser una asesina.

MARCO DENEVI

Un matrimonio

Ella, ex mucama. Él, ex chofer. Gente responsable y trabajadora. Se casaron hace muchos años. Él ha conseguido un puesto de ordenanza en un ministerio. Esto les parece una canonjía. Tienen su casa. Podrían ser modestamente felices. «Voy a quitarme los anteojos», me dice ella, que ha venido a visitarme. «Sin los anteojos no veo nada.» Me habla de sus males, de sus desdichas, de su marido. «Antonio es muy atento, es bueno con todos, pero conmigo no. Su hermana, que maneja una casa de mujeres, le calienta la cabeza. Y lo peor es que a él, con ese modo, ¿quién le resiste? Las propias personas de mi familia se han puesto de su lado. Todos me hacen morisquetas. Antonio rompe mis vestidos —¡tiene unas uñas!—, rompe mis anteojos, rompe la bolsa que llevo al mercado. Si traigo del mercado tres bifes, uno desaparece. Antonio lo ha tirado. Si me alejo de la cocina un instante, la comida se estropea. Antonio ha puesto un pedazo de jabón en el guiso. Quiere que me vaya. Quiere echarme. Quiere que trabaje de sirvienta para las mujeres de la casa de su hermana. Pero yo no estoy dispuesta a perder mi casa. Es tan mía como suya. Antonio siempre inventa algo nuevo. Pone unos polvitos en la bolsa del mercado. Si la abro del lado izquierdo, me llora el ojo izquierdo. Espolvorea mi ropa, tal vez con telas de cebolla, para que me lloren los ojos y quede ciega. Cualquier cosa puedo tolerar, menos quedarme ciega. Dice que vaya a la comisaría, que nunca le probaré nada.»

Está loca. La enloquecieron el marido y la cuñada. Casi todo lo que dice es verdad.

ADOLFO BIOY CASARES

La cueva

Siempre sueño que en las noches, con femenina gracia, se desliza descalza hasta mi lecho. Me murmura complaciente y cómplice. Yo la busco con mis manos sin tocarla, siempre en la cueva, cuando la noche va extinguiendo una estrella que persiste.

Cada día es igual, cuando amanece y el mar grita:

—Ulises.

—Penélope —grito yo, estremeciéndome.

ANA MARÍA MOPTY DE KIORCHEFF

De la nostalgia conyugal

Wang-Lun y su mujer Shi-La estaban casados hacía mucho tiempo. En una ocasión ella tuvo que alejarse durante varios meses para asistir a la madre que estaba enferma y residía en una ciudad distante. En todo ese tiempo Wang-Lun no cesaba de lamentarse por la ausencia de su cónyuge. Cansado de escuchar siempre lo mismo, uno de sus amigos le preguntó cómo la había dejado ir si la extrañaba tanto. «Esto no es nada —replicó Wang-Lun—, deberías oír cómo la extraño cuando está conmigo.»

RODOLFO MODERN

Alta fidelidad

Este tipo es un miserable, pensé. Después de tremenda pelea me odiaría tanto como yo a él. No hay más vueltas que darle, la solución es buscarme otro, creí.

Acto seguido, estaba bajo ochenta kilos de hombre, soberbio, lo mejor, de manos expertas, peludas y suaves, de contoneos precisos, menos exactos, olor exquisito. Los jadeos suplían la música, el ambiente estaba cargado, eléctrico, qué experiencia, yo nunca antes había sentido..., bueno, no así, tan..., no sé, intenso. Me tomó de la cintura, me dejó suspendida, como levitando, flotando, mi pelvis enloqueció, mi cuerpo entero se convulsionaba, estaba acabando y no puede evitar gritar Juan, Juan, Juan... Ahí me entró el pavor, me quedé quietecita, era el colmo ser tan mala amante como para andar nombrando a mi estúpido marido al momento del polvito clandestino; pero el espanto dio paso a la ira cuando este condenado empezó a invocar a una tal Betina, qué fraude, qué decepción, qué estafa, todo estaba tan bien. Hasta que fui sacada del trance y abrí los ojos, encontrándome con uno setenta y cinco metros de macho sudado, pelo negro desordenado y sonrisa enorme, ahí estaba Juan, sin enojos, y yo, Betina, perfectamente estirada entre él y la cama, como bella mariposa de insectario.

Patricia Salgado Middleton

Río de los sueños

Yo, por ejemplo, misántropo, hosco, jorobado, pudrible, ino-
cuo, exhibicionista, inmodesto, siempre desabrido o descortés o
gris o tímido según lo torpe de la metáfora, a veces erotómano, y
por si fuera poco, mexicano, duermo poco y mal desde hace
muchos meses, en posiciones fetales, bajo gruesas cobijas, sábanas
blancas o listadas, una manta eléctrica o al aire libre, según el
clima, pero eso sí, ferozmente abrazado a mi esposa, a flote sobre
el río de los sueños.

GUSTAVO SAINZ

VARIACIONES TRIANGULARES

La afrenta

Te merecías todo lo que te hice menos esa última afrenta, aunque reconozco que nada exime más que lo que se hace en nombre de un amor traicionado.

Lo que le conté en la carta era indigno porque pertenecía exclusivamente a nuestra intimidad, y estoy seguro de que cuando buscó y encontró el lunar en el recóndito secreto que sólo yo besaba, mientras tú excitada me alentabas a hacerlo, sintió la misma frustración de quien halla el cofre del tesoro vacío con la burla de quien ya lo sustrajo.

Sé que tu amor es una pérdida definitiva y me resigno a ello, pero el secreto de ese lunar sólo a mis labios pertenece, y cuantas veces requiera tan íntimo tesoro encontrará el vacío que queda de quien lo despojó.

Una afrenta que a mí me tiene prisionero y a él esclavo y a ti culpable, y a los tres hundidos en la desdicha porque yo te seguiré queriendo y él nunca podrá quererte del todo, y tú jamás llegarás a olvidarme, al menos mientras el lunar sostenga el recuerdo de mis besos y de mis lágrimas.

Luis Mateo Díez

Tatuaje

Cuando su prometido regresó del mar, se casaron. En su viaje a las islas orientales, el marido había aprendido con esmero el arte del tatuaje. La noche misma de la boda, y ante el asombro de su amada, puso en práctica sus habilidades: armado de agujas, tinta china y colorantes vegetales dibujó en el vientre de la mujer un hermoso, enigmático y afilado puñal.

La felicidad de la pareja fue intensa, y como ocurre en estos casos, breve. En el cuerpo del hombre revivió alguna extraña enfermedad contraída en las islas pantanosas del este. Y una tarde, frente al mar, con la mirada perdida en la línea vaga del horizonte, el marino emprendió el ansiado viaje a la eternidad.

En la soledad de su aposento, la mujer daba rienda suelta a su llanto, y a ratos, como si en ello encontrase algún consuelo, se acariciaba el vientre adornado por el precioso puñal.

El dolor fue intenso, y también breve. El otro, hombre de tierra firme, comenzó a rondarla. Ella, al principio esquiva y recatada, fue cediendo terreno. Concertaron una cita. La noche convenida ella lo aguardó desnuda en la penumbra del cuarto. Y en el fragor del combate, el amante, recio e impetuoso, se le quedó muerto encima, atravesado por el puñal.

Ednodio Quintero

Expiación

Dos mujeres se peleaban en el paraíso por la posesión de un hombre que acababa de llegar.

—Yo era su mujer —declaró una.

—Y yo su amante —dijo la otra.

San Pedro dijo al hombre:

—Vete a otro sitio: ya has sufrido bastante.

AMBROSE BIERCE

La viuda inconsolable

Una mujer con lutos de viuda lloraba sobre una tumba.

—Consuélese, señora —dijo un Simpático Desconocido—. La piedad del Cielo es infinita. En algún lado hay otro hombre, además de su esposo, con quien usted puede ser feliz.

—Lo había, lo había —sollozó ella—, pero está en esta tumba.

AMBROSE BIERCE

Milanesas

La mujer freía milanesas. Se volvió hacia el hombre, al oír el descorchar de la botella: un ruido que siempre la alegraba. Él le tendía ya una copa. Ella no la tomó, sorprendida. El hombre había estado hablando con mucha animación de su próximo libro; su rostro sonreía aún, pero le corrían lágrimas.

—Estás llorando.

—Lo siento.

—Pensabas en ella.

—Ni siquiera. Sólo mis ojos lloran.

—Si es un verso, no me lo vendas.

—De veras, créeme.

—Quiero creerte.

—Lo siento.

—No sé qué se supone que haga yo.

—No dejes quemar las milanesas.

La mujer se ocupó de la carne, fue sacando los bistecs uno a uno, llevó la bandeja a la mesa.

—No hemos brindado.

—¿Por qué vamos a hacerlo?

—Por nosotros.

—¿Nosotros dos?

—Por nosotros.

Chocaron las copas y bebieron. Se sentaron. Las milanesas se veían riquísimas.

JULIO MIRANDA

101

Tragedia

María Olga es una mujer encantadora. Especialmente la parte que se llama Olga.

Se casó con un mocetón grande y fornido, un poco torpe, lleno de ideas honoríficas, reglamentadas como árboles de paseo.

Pero la parte que ella casó era su parte que se llamaba María. Su parte Olga permanecía soltera y luego tomó un amante que vivía en adoración ante sus ojos.

Ella no podía comprender que su marido se enfureciera y le reprochara infidelidad. María era fiel, perfectamente fiel. ¿Qué tenía él que meterse con Olga? Ella no comprendía que él no comprendiera. María cumplía con su deber, la parte Olga adoraba a su amante.

¿Era ella culpable de tener un nombre doble y de las consecuencias que esto puede traer consigo?

Así, cuando el marido cogió el revólver, ella abrió los ojos enormes, no asustados, sino llenos de asombro, por no poder entender un gesto tan absurdo.

Pero sucedió que el marido se equivocó y mató a María, a la parte suya, en vez de matar a la otra. Olga continuó viviendo en brazos de su amante, y creo que aún sigue feliz, muy feliz, sintiendo sólo que es un poco zurda.

VICENTE HUIDOBRO

Solidaridad

El niño ha muerto. La madre y el padre lloran. Pero el amante toma la mano de la mujer, la aprieta y a espaldas del marido dice:

—¡Vamos, valor! Haremos otro.

JULES RENARD

El triángulo amoroso

La ballena macho estaba desolada porque su mujer se había enamorado de un submarino.

CARLOS HÉCTOR

8 x 7

Sí, mi amorcito... está bien, mi amor... no, no te fallo, ¿cómo puedes tú imaginarte eso? Te digo que no, que yo te estaré esperando, como tú dices, mi amor... cómo no... seguro, mi amorcito, pero anda vete, que yo te silbo, sí, como lo convenimos, claro, mi amor, claro.

Detrás del tamarindo de la botica se extendía el cerrado espinar de la barda, a la que además del varero de yaque se le había puesto encima la hoja de la tuna, el cardón, el palo del guarito-to. Inmediatamente detrás, se había zanjado el suelo, y enterrado en él agudas púas de púi que según se dijo habían sido envenenadas, de tal modo que su solo contacto superficial mataba. Seguía la alambrada, una cerca de tablas que se derrumbaría sobre latón viejo para alarmar con su estallido, un espacio circular de botellas rotas recogidas entre un vidrierío cortante, y por último, los perros, tres de ellos cuando menos de brutal ataque, perros leoneros, tigreros, que no soltaban la presa hasta desgarrarla.

—Pero él rehendió cuanto obstáculo se le opuso al amor, porque aunque el hermano Caín despojó al asno de su quijada, un hueso no alcanza a ocluir el túnel por el que se llegue a los brazos de la amada.

—¡Celina! ¡Ah, Celina! Aquí estoy, mi vida, como te prometí.

La puerta del cuarto bajo la troja del treyolí estaba abierta y del catre fluía el olor de la mujer.

—Ah, Celina...

El cuerpo del otro hizo una sombra difusa.

—¿Buscaba a alguien? Esa persona no está, pero le dejó dicho que esto era para usted. Que perdone las pocas flores de la corona, pero fue que no halló más en todo el pueblo.

Alfredo Armas Alfonzo

La tela de Penélope,
o quién engaña a quién

Hace muchos años vivía en Grecia un hombre llamado Ulises (quien a pesar de ser bastante sabio era muy astuto), casado con Penélope, mujer bella y singularmente dotada cuyo único defecto era su desmedida afición a tejer, costumbre gracias a la cual pudo pasar sola largas temporadas.

Dice la leyenda que en cada ocasión en que Ulises con su astucia observaba que a pesar de sus prohibiciones ella se disponía una vez más a iniciar uno de sus interminables tejidos, se le podía ver por las noches preparando a hurtadillas sus botas y una buena barca, hasta que sin decirle nada se iba a recorrer el mundo y a buscarse a sí mismo.

De esta manera ella conseguía mantenerlo alejado mientras coqueteaba con sus pretendientes, haciéndoles creer que tejía mientras Ulises viajaba y no que Ulises viajaba mientras ella tejía, como pudo haber imaginado Homero, que, como se sabe, a veces dormía y no se daba cuenta de nada.

AUGUSTO MONTERROSO

La felicidad

Me llamo Marcos. Siempre he querido ser Cristóbal.

No me refiero a llamarme Cristóbal. Cristóbal es mi amigo; iba a decir el mejor, pero diré que el único.

Gabriela es mi mujer. Ella me quiere mucho y se acuesta con Cristóbal.

Él es inteligente, seguro de sí mismo y un ágil bailarín. También monta a caballo y domina la gramática latina. Cocina para las mujeres. Luego se las almuerza. Yo diría que Gabriela es su plato predilecto.

Algún desprevenido podrá pensar que mi mujer me traiciona: nada más lejos. Siempre he querido ser Cristóbal, pero no vivo cruzado de brazos. Ensayo no ser Marcos. Tomo clases de baile y repaso mis manuales de estudiante. Sé bien que mi mujer me adora. Y es tanta su adoración, que la pobre se acuesta con él, con el hombre que yo quisiera ser. Entre los gruesos brazos de Cristóbal, mi Gabriela me aguarda desde hace años con los brazos abiertos.

A mí me colma de gozo tanta paciencia. Ojalá mi esmero esté a la altura de sus esperanzas, y algún día, muy pronto, nos llegue el momento. Ese momento de amor inquebrantable que ella tanto ha preparado, engañando a Cristóbal, acostumbrándose a su cuerpo, a su carácter y sus gustos, para estar lo más cómoda y feliz posible cuando yo sea como él y lo dejemos solo.

ANDRÉS NEUMAN

Cambio de identidad

Cuando A se despertó a media mañana en una cama en la que no se había acostado, junto al cuerpo desnudo de la esposa de B, su mejor amigo, llamó de inmediato a su propia casa. Se sorprendió ligeramente cuando B le respondió al teléfono y le dijo que no se preocupara por la tardanza: su mujer todavía estaba durmiendo.

FERNANDO AÍNSA

Necrofilia

Cuenta el mitólogo Patulio: «Al regreso de la guerra contra los mirmidones, Barión sorprendió a su mujer, Casiomea, en brazos de un mozalbete llamado Cástor. Ahí mismo estranguló al intruso y luego arrojó el cadáver al mar. Noches después, estando Barión deleitándose con Casiomea, se le apareció en la alcoba Cástor, pálido como lo que era, un muerto, y lo conminó a ir al templo de Plutón en Trézene y sacrificarle dos machos cabríos para expiar su crimen. Barión, aterrado y no menos pálido, obedeció. Mientras tanto el fantasma de Cástor reanudaba sus amores con Casiomea, quien no se atrevió a negarle nada a un ser venido del otro mundo. Varias veces Barión debió ceder su lecho al cuerpo astral de Cástor sin una protesta, porque el joven lo amenazaba, si se resistía, con llevarlo con él a la tenebrosa región del Infierno». El mitólogo Patulio agrega que Cástor tenía un hermano gemelo, de nombre Pólux, pero de este Pólux nada dice.

MARCO DENEVI

OTRAS VARIACIONES

Eustace

Amo a Eustace a pesar de que me lleva cuarenta años, es totalmente mudo y no tiene dientes. No me importa que sea completamente calvo, excepto entre los dedos de los pies, que camine jorobado y a veces se caiga en la calle. Cuando él cree necesario emitir un corto y agudo sonido silbante, morder el sofá o dormir en el jardín, acepto todo eso como algo bastante normal. Porque lo amo.

Amo a Eustace porque es el único hombre a quien no le importa que yo tenga tres piernas.

TANITH LEE

Original y copia

Me gustaría enamorarme, en una pasión correspondida hasta la locura, de dos hermanas mellizas: comer, bailar, bañarnos y hacer el amor, separándolas y creyendo estar siempre con la otra.

ROBERTO BAÑUELAS

Estampa antigua

No cantaré tus costados, pálidos y divinos que descubres con elegancia; ni ese seno que en los azares del amor se liberta de los velos tenues; ni los ojos, grises o zarcos, que entornas, púdicos; sino el enlazar tu brazo al mío, por la calle, cuando los astros en el barrio nos miran con picardía, a ti, linda ramera, y a mí, viejo libertino.

JULIO TORRI

La Que No Está

Ninguna tiene tanto éxito como La Que No Está. Aunque todavía es joven, muchos años de práctica consciente la han perfeccionado en el sutilísimo arte de la ausencia. Los que preguntan por ella terminan por conformarse con otra cualquiera, a la que toman distraídos, tratando de imaginar que tienen entre sus brazos a la mejor, a la única, a La Que No Está.

ANA MARÍA SHUA

Las mujeres se pintan

Las mujeres se pintan antes de la noche. Se pintan los ojos, la nariz, los brazos, el hueco poplíteo, los dedos de los pies. Se pintan con maquillajes importados, con témperas, con lápices de fibra. En el alba, ya no están. A lo largo de la noche y de los hombres, se van borrando.

ANA MARÍA SHUA

La prisionera

Estoy en el jardín de un antiguo palacio que no sé de quién fue ni cuál es hoy su dueño. La tarde es húmeda y otoñal el ocaso; en el blando suelo las hojas mueren adheridas al barro. No hace viento, no oigo ningún ruido entre los árboles que forman paseos en los que mudas estatuas, sobre pedestales de hiedra, alzan su desnudez.

Quisiera recorrer este extraño jardín, pero estoy quieto. Nadie lo visita, nadie hace crujir el puentecillo de madera sobre el constante arroyo. Nadie se apoya en las balaustradas del parterre ante la fila de bustos que la intemperie enmascaró con manchas verdinegras.

Estoy ante la gran fachada cubierta de ventanas que termina en altas chimeneas sobre el oscuro alero del tejado. Todo en ella muestra haber sufrido los ataques del tiempo pero estos rigores no dañaron a la única ventana que yo miro. Cada día, tras los cristales, aparece ella, su delicada silueta, y aparta la cortina de tul y largamente pasea su mirada por los senderos que se alejan hacia el río. Vestida de color violeta, siempre seria, eternamente bella, conserva su rostro juvenil, su gesto de candor, atenta a la llegada de alguien que ella espera. Inmóvil, tras el cristal, no habla, no muestra si acepta mi presencia, acaso no me ve. Resignada se dobla mi cabeza sobre el hombro mordido por las lluvias; desearía que sus dedos me rozasen antes de que su mano se haga transparencia. Desfallece mi cabeza enamorada; tras mis ojos vacíos atesoré palabras y palabras de amor dedicadas a ella. Acaso un día logren mover mis labios de durísima piedra.

JUAN EDUARDO ZÚÑIGA

Vecinos

Nada más llegar, la primera noche, ella pasó a pedirme una vela. «Nuestro piso está a oscuras», me explicó.

Al día siguiente preguntó si podía dejarle un poco de sal, después aceite. Azúcar, especias, aspirinas y chinchetas faltaban también en aquella casa de carencias insospechables.

Una tarde, ella llamó con fuerza al timbre. Yo salí enojado y antes de que pudiera decir nada, sus labios rozaron los míos y me empujaron hacia mi cuarto. Sobre el lecho en penumbra nos amamos algunas tardes.

Anteanoche hubo una tormenta y la luz se apagó en el edificio. Escuché fuertes voces y algunos golpes en el piso de al lado. Creo que ella lloraba. Después esos golpes llegaron a mi puerta.

Abrí, y ante mí estaba él, su esposo. «¿Tienes una vela?», me preguntó, y se quedó mirándome, con la respiración agitada. Antes de que pudiera volver con la vela, me pidió sal y luego aceite.

Yo conocía esa secuencia...

CARLOS GRACIA TRAÍN

119

Jus primae noctis

El señor feudal era un hombre alto, delgado y anguloso, de modales refinados. Los recién casados lo miraron azorados, con un pavor no exento de respeto.

—Vengo a reclamar mis derechos —dijo el señor suavemente—. La primera noche me pertenece.

Los aldeanos no se atrevieron a replicar. El blanco caballo sin jinete que se encontraba junto al del barón piafó. El soldado que lo sujetaba de las riendas le acarició el pescuezo para calmarlo.

El señor feudal sonrió.

—Vas a venir conmigo al castillo, pichoncito —dijo—, verás que te va a gustar.

Acto seguido obligó a su corcel a dar la media vuelta y se alejó en dirección del fuerte señorial, no sin antes haber hecho una seña a sus guardias.

Los soldados sujetaron al novio y lo montaron en el caballo blanco. La novia se quedó llorando en la aldea.

MANUEL R. CAMPOS CASTRO

En Cejunta y Gamud, 8

En Gamud, cuando se da una fiesta en honor de la hija de la casa, la madre se escapa con el invitado más viejo y repulsivo. Aunque es una costumbre admitida que nadie trata de impedir, lo hace de una manera secreta o simulando cualquier pretexto.

La hija, en cuanto nota la falta de la madre, pregunta afectando un aire de inocencia:

—¿Dónde está mamá?

A esta pregunta, que repite varias veces, invariablemente le contestan:

—¿Tu mamá? Está haciendo el amor.

El que así habla recibe un beso de la joven y él le entrega una moneda.

Algunas muchachas consiguen besar de una manera turbadora y si son previsoras y hermosas llegan a reunir una fortuna.

ANTONIO FERNÁNDEZ MOLINA

La mujer del desierto

He vivido entre aquellos hombres que cambiaban de sexo a la orilla del mar. Tenían el alma nómade, y los ojos habituados al desierto. Cuando se ponía el sol, el más anciano sabía dibujar un cuerpo de mujer en la arena que los otros miraban callados hasta que lo disolviese el mar y la noche.

Luego se dormían, sin encender una sola fogata, formando un círculo de sueños en torno a ese vacío que aún latía en la arena. Durante la noche, violentas convulsiones agitaban sus rostros, como si esos hombres, impasibles frente a las espadas y la tormenta, no pudiesen tolerar que una indecisa forma de mujer penetrase en sus cuerpos y los ahogara.

Sin embargo, cada atardecer, el anciano repetía su tarea, y ellos lo contemplaban sin odio.

En cambio a mí nunca me miraron de un modo intenso, y si a alguno de ellos, en medio de la orgía, mi cabellera, al abrirse, le revelaba la onda palpitante de un seno, él, atroz y extrañamente, parecía no advertirlo, y prefería retornar a la hoguera de los otros cuerpos para entrelazarse en una ceremonia estéril.

No pude soportarlo, y me abandoné a los caminos. Pero cada nuevo hombre fue otra pesadilla. Ninguno me trató dulcemente. Nadie vio, jamás, en mi sombra errante, una mujer.

CARLOS A. SCHILLING

La imagen misma

Él me dijo no te mirés más al espejo o me voy, parece que olvidaras que estoy contigo, te juro que esta vez sí me voy y no regreso, no pretenderás que compita día y noche con tu vanidad; pero una fuerza ajena a mí me retuvo la vista al frente, y de pie, mirándome, también pude ver el gesto disgustado, los pasos decididos que comenzaban a alejarse hacia atrás, hasta que estuve sola y cerrando los ojos anticipé la naturalidad con que dos brazos blancos iguales a los míos se desprendían del cuerpo que me imitaba y cómo se iban extendiendo lentamente hacia mí, buscándome, hasta que las manos se abrieron para tocarme el cuerpo estremecido y me lo despojaron de las ropas ligeras que lo cubrían, como quien dulcemente deja sin piel una fruta, las puntas primero y prosiguiendo sin el menor esfuerzo de extremo a extremo; y entonces abrí los ojos sabiendo que el deleite sentido habría de fundirse con eso que ella, desnuda también, me estaba haciendo ahora de este lado del espejo al recorrerme toda y terminar aplastando, como una cálida esponja, su silueta contra mí para intercambiarse conmigo o llegar a ser una sola cosa bella con mi cuerpo, la imagen misma y no su reflejo; sólo que, más sumergida en el éxtasis que yo, no se daba cuenta que éramos ya una pasión única que se realizaba al reverso de la angustia sin necesidad de espejos ni de acechantes hombres.

ENRIQUE JARAMILLO LEVI

Dibujos de la memoria

Cuando toma la decisión de pintarla, después de tantas vueltas, ella va camino de otros brazos quizá, envuelta en la niebla. El pintor extiende en la inmensidad blanca del papel sobre el caballete un breve fondo de naranjas y rosados, una degradación de tonos cálidos, suponiendo que ella, desde luego más fría, más distante, agradecerá en su retrato esa insinuación de color protegiendo la espalda. En un arrebato súbito, de un solo trazo, la memoria absoluta que de su rostro tiene obra el milagro de un boceto definitivo. Sus estudios de las telas, de los contraluces, el oficio de tantos años en suma, acuden a borbotones sobre el papel, completan el dibujo sin esfuerzo.

Terminado, visto entero, junto a otras docenas de retratos que le ha dedicado cubriendo las paredes del estudio, el pintor observa la carencia, el hueco, lo imposible de pintar.

Esperará el seguro regreso de ella, de vuelta de sus torpes faenas, para retener otra vez la imagen en la memoria —mientras está con ella sólo son posibles las caricias, los besos, las ansias de la piel—, y volverá a pintarla cuando ya se haya ido, dejando una vez más en la repetición de la pintura la ausencia de la guadaña, su herramienta terrible, tan difícil de pintar, tan imposible.

HIPÓLITO NAVARRO

La pregunta

¿Sabes cómo lo hacen las hormigas? ¿Y los osos? ¿Cómo lo hacen los osos? ¿Te imaginas ese amor pesado, ese amor de tapado de piel vivo, de grandes cuerpos desprendiendo calor y agigantándose, aprovechando toda la energía de la noche invernal y vertiéndola en horas de amor que en realidad son apenas segundos de apareamiento en la memoria del bosque? ¿Y los canguros? Yo me imagino a la hembra danzando, saltando para aquí y para allá por la inmensa pradera australiana, esquivando boomerangs, esquivando inmigrantes, buscando las cavernas más profundas, los lugares más remotos de la estepa para tener calma. Me imagino la fronda de un bosque de eucaliptos y ellos allí, saltarines, haciéndolo. En ese momento, ¿qué llevará la hembra del canguro en la bolsa, qué pensamientos de marsupial, de criatura desproporcionada, de bestia risible y aturdida? Pienso en el amor entre canguros. En el canguro macho boxeando con otro, peleando por la hembra, en el canguro macho cortejándola, así, así, a los saltos. En el mamífero exhausto que después de hacerlo fue baleado desde lejos y la carne vendida, convertida por los chinos en hamburguesa perfecta, en alimento de gatos.

¿Cómo amarán los gatos alimentados por esa carne de canguro? ¿Se harán mas atrevidos, saltarán del exceso de un tejado para caer en el exceso de la muerte, que quizás para ellos sea otra forma del amor? Despertar con los maullidos de la hembra dolorida de placer y confundirlos afuera, en la oscuridad de la calle, con gritos humanos.

¿Y las víboras? ¿Alguien pensó en el amor de las víboras, en ese sacudirse largo que no tiene otro sentido que el bíblico, en esa linealidad curva, en esos ejes de tiempo que puestos el uno sobre el otro, el uno al lado del otro reproducen el gesto absurdo, el gesto inútil de la naturaleza por imitarse a sí misma, algo así como una caligrafía de eses, de

sssssssssssss

en la arena del desierto, un amor de veneno y de colmillo y de escamas?

También es posible pensar en los árboles, en la polinización, en ese amor a distancia, en ese eyacular al viento de los órganos de las copas de ciertos vegetales, en el semen del polen llevado por las patas de las abejas, por los pelos de las moscas, por los gusanos voladores que se posan entre los órganos lúbricos como un intermediario propicio y matutino.

¿Y el amor de los topos, subterráneo, oscuro, ensimismado en su miopía, un amor de uñas de la hembra clavadas en tierra, uñas cavadoras, delgados apéndices córneos que se hunden en el tegumento de la cueva, entre fibras de las raíces, en sacudidas de un placer que nadie más que ellos, que sólo ellos, los topos en su pequeña condición, los tibios topos, pueden entender?

¿Y el amor inanimado de las prendas, de una a otra pierna de un viejo pantalón abandonado, de un guante a otro guante, del brazo de un saco a su homólogo? Pero ésos son amores velados por la igualdad quiral, simétrica, inoportuna, son los amores de lo semejante, donde la penetración puede alcanzar su simulacro sólo para comprobar la identidad imposible que pierde a todas las cosas.

¿Y el amor colectivo, la orgía de las bacterias que constantemen-

126

te lo hacen intercambiando información y partes, fragmentos de una a otra como extrañas palabras anochecidas, flotantes?

¿Y esas piedras contiguas, caídas, rozándose inmóviles en el fondo del mismo pozo?

RAFAEL COURTOISIE

El pulpo

El pulpo extendió sus brazos: era un pulpo multiplicado por sí mismo.

Carlota lo miró horrorizada y corrió a la puerta. ¡Maldita costumbre de encerrarse con llave todas las noches! ¿En dónde la habría dejado? Regresó a la mesita. La llave no estaba ahí. Se acercó al tocador. En ese momento se enroscó en su cuello el primer tentáculo. Quiso retirarlo pero el segundo atrapó su mano en el aire. Se volvió tratando de gritar, buscando a ciegas algo con qué golpear esa masa que la atraía, que la tomaba por la cintura, por las caderas. Sus pies se arrastraban por un piso que huía. El pulpo la levantaba. Carlota vio muy de cerca sus ojos enormes. Era sacudida, volteada, acomodada y recordó que entre aquella cantidad de brazos debía haber una boca capaz de succionarla.

Se refugió en su desmayo. Al volver a abrir los ojos se hallaba tendida en la cama. Un tentáculo ligero y suave le acariciaba las piernas, las mejillas. Otro jugaba con su pelo.

Carlota comprendió entonces y sonrió.

ELENA MILÁN

128

Primera vez

Aquí estamos los dos, uno delante del otro. Nerviosos, pero decididos. Sabemos que cualquier inexperiencia será superada con creces por nuestro amor, o eso dicen. Sonríe, te digo, y tus ojos lo hacen por tus labios, háblame, te digo, y tu silencio lo hace por tu voz, quiéreme, te suplico, y depositas tu mirada en la mía, haciéndolo. Y me abrazas.

Realizamos despacio cada gesto por temor a equivocarnos, para dilatar el tiempo y saborear el instante cincelándolo en la lengua. Me llega tu respiración cada vez más agitada conforme vas desnudándome. Lentamente nos despojamos de las prendas y vamos en pos del ser que hay delante para cometer el acto milagroso de confluir en una vida como si la apresáramos. Nos entretenemos en cada caricia para precisar el sentido del otro, para permitirnos calar desde la superficie hasta lo profundo y trascender los cuerpos. Dejamos a las bocas que se beban, a las carnes de los labios que se atrapen, a las lenguas enloquecidas que se enreden, a las comisuras elongarse en su avidez por engullirse. Se ablandan los huesos, se endurece la carne. Las pieles se erizan de deseo que aplacan sumergiéndose la una en la otra. La búsqueda dubitativa culmina en la unión aún torpe, después cierta.

Abandonados los cuerpos a sí mismos, comenzamos a derramarnos en el otro. El placer emergente rinde los párpados. Comienza el roce de filos de almas, el oleaje del cosmos, el vaivén de océanos abisales, el sol ha muerto, es tormenta y noche, relámpagos cortantes abren la negrura, rayos y crujidos de trueno se clavan en la espina dorsal, la mente se diluye en el choque, chilla hasta que se rompe, y sus añicos tintinean en ecos solitarios que desfallecen cada vez con mayor lejanía en la oscuridad. Los ojos se entreabren mientras llueve con mansedumbre la dulzura y se expanden, algodonándose, nubes de paz que navegan hacia el horizonte, para morir.

Cuando caemos en nuestros cuerpos, ya está. Tú me has leído. Yo te he escrito. Hemos sembrado un hijo, un amor, el cuento.

ÁLOE AZID

QUIMERAS

Anima mea

Ciertos momentos de nuestra vida son francamente aterrado-
res. Basta frotar, mientras tomamos una ducha, la pastilla de jabón
recién comprada esta tarde, para que emerja, súbitamente, de una
de las burbujas, la mujer tantas veces deseada y nunca alcanzada.
Podemos contemplarla entonces, recorrer su desnudez una vez
tras otra con miradas lúbricas, descubrir en sus ojos que ella también arde en deseos por nosotros. Pero no más. Todos sabemos lo
frágiles que son las burbujas de jabón. Todos hemos visto cómo se
deshacen cuando intentamos apoderarnos de ellas.

MIGUEL GOMES

La quimera

Sólo la halló en lo circunstancial y, sin embargo, su vida estuvo dedicada a ella. Una tarde, de niño, creyó reconocerla fugaz entre las sombras de las palmeras del parque de su infancia. Antes la había visto —y no recordaba si fue la primera vez— envuelta en palomas y encajes posando para un fotógrafo ya sólo existente en el olvido. Años más tarde, en Nueva York, caminando próximo al peligro de Harlem encontró, cerca de una boca de riego, la huella de su pie desnudo, y puso la mano sobre la humedad en un intento inútil de librarla de la evaporación; más tarde, en una extraña tienda de lepidópteros regentada por un chino de maneras crueles, le pareció identificarla en el espejismo de un rostro reflejado primero en un espejo y luego transparente en el cristal de una caja de mariposas gigantes del Brasil. En Florencia equivocó su figura con la de una modelo que huía y resultó ser demasiado leve para ser ella. En París fue el calor de un perfume en un ascensor recién abandonado. También en Venecia la llamó a gritos y su osadía —un equívoco— provocó un grave escándalo al quitar, torpe, el antifaz a una muchacha colérica que en nada se le parecía. Supo de ella en Benarés: había estado investigando sobre las antiguas cacerías principescas del tigre literario. En Shanghai fue detenido —una cuestión de honor— al disparar sobre una sombra infiel abrazada a otra sombra. Pasó la mayor parte de su vida buscando en los archivos fotográficos de los artistas de moda una imagen que la memoria, nunca el deseo, deshacía lentamente. Y en la vejez, más comedido, no hizo confidencias de otras dudas y encuentros, pero siguió esperándola.

RAFAEL PÉREZ ESTRADA

Bibliografía

AÍNSA, FERNANDO, «Cambio de identidad» (*Escritos disconformes*, edición de Francisca Noguerol, Ediciones Universidad de Salamanca, Salamanca, 2004)

ARAUZ, TOMÁS «Pedagogía equivocada» (*El cuento*, n.º 44, México D. F., 1970)

ARMAS ALFONZO, ALFREDO, «8 x 7» (*Los desiertos del ángel*, Ediciones La Púa, Caracas, 1991)

ARREOLA, JUAN JOSÉ, «Francisco de Aldana» y «Cuento de horror» (*Palíndroma*, Joaquín Mortiz, México D. F., 1980), «El rinoceronte» (*Confabulario*, Fondo de Cultura Económica, México D. F., 1952)

AZID, ÁLOE, «Primera vez» (*Ojos de aguja*, Círculo de Lectores, Barcelona, 2000)

BAÑUELAS, ROBERTO, «Original y copia» (*El cuento*, n.º 128, México D. F., 1995)

BARROS, PÍA, «Las pieles del regreso» (*Llamadas perdidas*, Thule Ediciones, Barcelona, en prensa)

BAUDELAIRE, CHARLES, «¿Cuál es la verdadera?», «El tirador galante» (*Pequeños poemas en prosa*, traducción de Jorge González)

BERTI, EDUARDO «La última mujer» (*La vida imposible*, Emecé, Buenos Aires, 2002)

BIERCE, AMBROSE, «La viuda virtuosa» (*Fábulas fantásticas*, traducción de Jorge González), «La viuda inconsolable» (*Fábulas fantásticas*, Errepar, Buenos Aires, 2000); «Expiación» (revista *El cuento* n° 143, México D. F., 1999)

BIOY CASARES, ADOLFO, «Un matrimonio» (*Guirnalda con amores*, Emecé, Buenos Aires, 1959)

BONTEMPELLI, MASSIMO, «Los silenciosos» (*El cuento*, n.º 28, México D. F., 1968)

BRASCA, RAÚL, «Amor I», «Amor II» (*Todo tiempo futuro fue peor*, Thule Ediciones, Barcelona, 2004)

BRITTO GARCÍA, LUIS, «Ella Él» (*Rajatabla*, Alfadil, Caracas, 1995); «Mimados» (*Andanada*, Thule Ediciones, Barcelona, 2004)

BROWNING, ROBERT, «A una mujer» (*El cuento*, n.º 19, México D. F., 1966)

CABRERA INFANTE, GUILLERMO, «Canción cubana» (*Exorcismos de esti(l)o*, Seix Barral, Barcelona, 1976)

CAMPOS CASTRO, MANUEL R. «*Jus primae noctis*» (*El libro de la imaginación*, edición de Edmundo Valadés, Fondo de Cultura Económica, 1995)

CORTÁZAR, JULIO, «Amor 77» (*Un tal Lucas*, Alfaguara, Madrid, 1979)

COURTOISIE, RAFAEL, «La pregunta» (*Amador*, Thule Ediciones, Barcelona, 2005)

DENEVI, MARCO, «Cuento de horror» y «Los héroes deben permanecer solteros» (*Reunión de desaparecidos*, Macondo Ediciones, Buenos Aires, 1977); «Una viuda inconsolable» y «Necrofilia» (*El jardín de las delicias*, Thule Ediciones, Barcelona, 2005)

DE LA COLINA, JOSÉ, «Magias de la miopía» (*El cuento*, n.º 116, México D. F., 1990)

DÍEZ, LUIS MATEO, «La afrenta» (*Los males menores*, edición de Fernando Valls, Espasa Calpe, Madrid, 2002)

DRUMMOND, WILLIAM, «Eugenesia» (*Cuentos breves y extraordinarios*, edición de J. L. Borges y A. Bioy Casares, Santiago Rueda Editor, Buenos Aires, 1970)

DRUMMOND DE ANDRADE, CARLOS «Cuadrilla» (*Alguna poesía*, traducción de Danilo Albero, Editora Record, Río de Janeiro, 2001); «Solange» (*Contos plausíveis*, traducción de Raúl Brasca, Editora Record, Río de Janeiro, 2003)

EPPLE, JUAN ARMANDO, «Adánica» (*Con tinta sangre*, Thule Ediciones, Barcelona, 2004)

FERNÁNDEZ MOLINA, ANTONIO, «8» (*En Cejunta y Gamud*, Editorial Heliodoro, Madrid, 1986)

GALEANO, EDUARDO, «El amor» (*Los nacimientos*, Siglo XXI, México D. F., 1982), «Ventana sobre una mujer / 2» (*El libro de los abrazos*, Siglo XXI, México D. F., 1989)

GIRONDO, OLIVERIO, 12 (*El espantapájaros*, en: *Obra completa*, Colección Archivos, Galaxia Gutenberg/Círculo de Lectores, 1999)

GOLWARZ, SERGIO, «Diálogo amoroso» (*Infundios ejemplares*, Fondo de Cultura Económica, México D. F., 1969)

GOMES, MIGUEL, «Cotidiana» y «*Anima mea*» (*Visión memorable*, Fundarte, Caracas, 1987)

GÓMEZ BERBESÍ, ILIANA, «La casa al revés» (*Secuencias de un hilo perdido*, Universidad de Oriente, Cumaná, 1982)

GRACIA TRAÍN, CARLOS, «Vecinos» (inédito)

GRECIET, CARMELA, «Bonellia y Viridis» (*Descuentos y otros cuentos*, Ediciones Trabe, Oviedo, 1995)

GUEDEA, ROGELIO, «Esta mujer, la otra» (*Del aire al aire*, Thule Ediciones, Barcelona, 2004)

HÉCTOR, CARLOS, «Triángulo amoroso» (*El cuento*, n.º 102, México D. F., 1987),

HERNÁNDEZ, LUIS FELIPE, «Pretextos» (*Circo de tres pistas y otros mundos mínimos*, Ficticia, México D. F., 2002)

HUIDOBRO, VICENTE, «Tragedia» (*Cuentos diminutos*, en *Obras completas*, tomo I, Editorial Andrés Bello, Chile, 1976)

JARAMILLO LEVI, ENRIQUE, «La imagen misma» (*El fabricante de máscaras*, Instituto Nacional de Cultura, Panamá, 1992)

LAGMANOVICH, DAVID, «La ruptura» (*La hormiga escritora*, inédito)

LEE, TANITH, «Eustace» (*45 cuentos siniestros*, edición de Elvio Gandolfo y Samuel Wopin, Ediciones de la Flor, Buenos Aires, 1974)

MACHADO, WILFREDO, «Sexo» (*Poética del humo*, Fundación para la cultura urbana, Caracas, 2003)

MANDRINI, EUGENIO, «Hasta que la muerte no nos separe» (*Criaturas de los bosques de papel*, Ediciones Culturales Argentinas, Buenos Aires, 1987)

MATURANA, ANDREA, «Encuentro desigual» (*Por un zapato roto*, publicación del Taller Kuartophya dirigido por Pía Barros, Santiago de Chile)

MERINO, JOSÉ MARÍA, «Carrusel aéreo» (*Días imaginarios*, Seix Barral, Barcelona, 2002)

MILÁN, ELENA, «El pulpo» (*El libro de la imaginación*, edición de Edmundo Valadés, Fondo de Cultura Económica, México D.F.,1995)

MIRANDA, JULIO, «Milanesas» y «Pasión» (*El Universal*, Caracas, 18/01/1998)

MODERN, RODOLFO, «De la nostalgia conyugal» (*El libro del señor de Wu*, Buenos Aires, 1980)

MONTERROSO, AUGUSTO, «La tela de Penélope o quién engaña a quién» (*La oveja negra y demás fábulas*, Ediciones Era, México D. F., 1990)

MOPTY DE KIORCHEFF, ANA MARÍA, «La cueva» (inédito)

NAVARRO, HIPÓLITO, «Dibujos de la memoria» (*Los tigres albinos*, Pretextos, Valencia, 2000)

NEUMAN, ANDRÉS, «Despecho» (*El que espera*, Anagrama, Barcelona, 2000); «La felicidad» (*Escritos disconformes*, edición de Francisca Noguerol, Ediciones Universidad de Salamanca, Salamanca, 2004)

NOS, MARTA, «Muso inspirador» (*El cuento*, n.º 119-120, México D. F., 1991)

OBALDÍA, RENÉ DE, «El balón» (traducción de José de la Colina, *El cuento*, n.º 113, México D. F., 1990)

OTXOA, JULIA, «Agradecimiento» (*Kískili-káskala*, Ediciones VOSA, Madrid, 1994)

PÁEZ, ARMANDO, «El beso» (*Escritos breves (desde el borde)*, edición del autor, Chile, 2000)

PÉREZ ESTRADA, RAFAEL «El amor impedido» y «La quimera» (*La palabra destino*, edición de J. C. Mestre y M. A. Muñoz Sanjuán, Hiperión, Madrid, 2001)

PIÑERA, VIRGILIO, «Unión indestructible» (*El que vino a salvarme*, Sudamericana, Buenos Aires, 1970)

PRADELLI, ÁNGELA, «Noche de verano» (*Galería de hiperbreves*, Tusquets, Barcelona, 2001)

QUINTERO, EDNODIO, «Tatuaje» (*Cabeza de cabra y otros relatos*, Monte Ávila, Caracas, 1993)

RAMOS, MARÍA CRISTINA, «Ver y contar» (*La secreta sílaba del beso*, Ruedamares, Neuquén, 2003)

RENARD, JULES, «Solidaridad» (*El cuento*, n.º 142, México D. F., 1999)

ROMAGNOLI, JUAN, «Juegos de seducción» (inédito)

SAINZ GUSTAVO, «Río de los sueños» (*El libro de la imaginación*, edición de Edmundo Valadés, Fondo de Cultura Económica, México D. F., 1995)

SALGADO MIDDLETON, PATRICIA, «Alta fidelidad» (*El cuento*, n.º 136-137, México D. F., 1997)

SAMPERIO, GUILLERMO, «Estación fatal» (*Humo en tus ojos*, Lectorum, México D. F., 2000),

SÁNCHEZ CORRAL, FRANCISCO JAVIER, «Vidas paralelas» (*El cuento*, n.º 135, México D. F., 1997)

SABIA, JUAN, «Acto de amor» (*El jardín desnudo*, Simurg, Buenos Aires, 1999)

SCHILLING, CARLOS A., «La mujer del desierto» (*Puro cuento*, n.º 11, Buenos Aires, 1988)

SHUA, ANA MARÍA, «Las mujeres se pintan», «La que no está» (*Casa de geishas*, Sudamericana, Buenos Aires, 1992); «Excesos de pasión» (*Botánica del caos*, Sudamericana, Buenos Aires, 2000)

TENA, MARÍA, «Crédito» (*Escritos disconformes*, edición de Francisca Noguerol, Ediciones Universidad de Salamanca, Salamanca, 2004)

TOMEO, JAVIER, «XII» (*Historias mínimas*, Anagrama, Barcelona, 1996).

TORRI, JULIO, «Estampa antigua» (*De fusilamientos*, Ave del Paraíso, Madrid, 1996)

URBANYI, PABLO, «El paso del tiempo» (*Escritos disconformes*, edición de Francisca Noguerol, Ediciones Universidad de Salamanca, Salamanca, 2004)

VALADÉS, EDMUNDO, «Sueño» (*El cuento*, n.º 131, México D. F., 1995); «La incrédula» (*Las dualidades funestas*, Joaquín Mortiz, México D. F., 1969)

VALENZUELA, LUISA, «La cosa» (*Brevs*, Alción Editora, Córdoba, Argentina, 2004)

VILLAFAÑE, JAVIER, «Los ancianos fieles» (*Los ancianos y las apuestas*, Sudamericana, Buenos Aires, 1990),

VIQUE, FABIÁN, «Triángulo» (*La vida misma*, inédito)

ZÚÑIGA, JUAN EDUARDO, «La prisionera» (*Misterios de las noches y los días*, Alfaguara, Madrid, 1992)

Índice

Desencuentros

MATRIMONIOS

VARIACIONES TRIANGULARES